AF220222

DIAMANTEN

Jörg Hauschild

© 2022 Jörg Hauschild
Herstellung und Verlag: BoD – Books on Demand, Norderstedt

ISBN: 9783756827824

Jörg Hauschild
DIAMANTEN

1

»Schieb die Kanone rüber, los!«, ruft Vincent.

Mit erhobenen Händen steht Menges neben seinem Auto in einigen Metern Entfernung ihm gegenüber. Vom Lichtkegel der Scheinwerfer von Vincents Wagen geblendet, gibt er der Waffe, die vor ihm auf dem Boden liegt, mit dem Fuß einen Schubs. Sie rutscht über den löchrigen Asphalt des Parkplatzes.

Vincent hebt sie auf, ohne Menges aus dem Visier zu nehmen.

Menges: »Lass uns das nicht so beenden, nach all den Jahren. Du wirst es später bereuen. So oder so.«

Das Dämmerlicht weicht der Nacht, nur schemenhaft sind die Umrisse einer Fabrikhalle, zweier Silos und eines Antennenmastes zu erkennen.

»Schlüssel!«

Menges kramt in seiner Hosentasche.

»Mach schon, aber langsam!«

Einen kurzen Moment gibt Menges' Jacke den Blick auf eine zweite Pistole in seinem Gürtel frei. Aber Vincent hat es nicht bemerkt. Menges hält den Schlüssel in der Hand.

»Her damit!«

Er wirft den Autoschlüssel hinüber, absichtlich ein bisschen zu kurz. Aber Vincent bemüht sich nicht, ihn zu fangen. Er fällt auf den Boden in die Nähe eines Koffers, der neben Vincent steht. Der hebt ihn langsam auf.

Er drückt auf den Knopf, Menges' Auto blinkt zwei mal und ist nun verschlossen.

Vincent: »Eigentlich sollte ich dich dafür abknallen. Aber um unser alten Freundschaft willen, rate ich dir, lass die Sache auf sich beruhen. Wir sind quitt.«

Er lässt die Pistole sinken, greift den Koffer, dreht sich um und geht zu seinem Auto. Er öffnet die hintere Tür, legt den Koffer auf die Rückbank und steigt ein.

Menges zieht die zweite Pistole aus seinem Gürtel. Er schießt. Vincent dreht den Zündschlüssel. Noch ein Schuss. Die Heckscheibe von Vincents Auto zerbricht. Kugeln durchschlagen Blech. Er tritt aufs Gas. Menges schießt sein Magazin leer.

Doch Vincents Auto verschwindet in der Nacht.

Menges sieht sich um. Im Dunkeln ist wenig zu sehen. Er findet einen Stein und zerschlägt damit das Seitenfenster seines Wagens. Er öffnet die Tür, steigt ein. Aus dem Handschuhfach holt er einen Zweitschlüssel. Er startet den Wagen.

Vincent fährt die Landstraße entlang. Außer ihm ist niemand unterwegs. Im Rückspiegel ist auch kein Verfolger auszumachen. Sein Blick wirkt angestrengt. Er greift unter die Jacke, die Hand ist blutig. Wie hatte er Menges nur so unterschätzen können? Sie kannten sich doch lange genug, er hätte wissen müssen, dass der immer noch einen Trumpf im Ärmel verbarg.

Jetzt erscheinen doch zwei leuchtende Punkte im Spiegel. Vincent schaltet das Licht aus. Mühsam nur lässt sich die Straße erkennen. Er kommt in einen Kreisverkehr. Er dreht eine Runde, schaltet die Scheinwerfer wieder an und fährt den Weg zurück. Er zügelt sein Tempo. Sein Blick ist verschwommen. Immer weniger kann er sich konzentrieren, es fällt ihm schwer sein Fahrzeug zu steuern.

Nach ein paar hundert Metern kommt ihm ein Wagen entgegen. Schwer zu sagen, aber es könnte wohl Menges sein. Das Auto fährt vorbei.

Hoffentlich hat er ihn nicht erkannt und wendet ebenfalls.

Vincent fährt an den Straßenrand und hält. Er stößt die Tür auf und muss sich übergeben. Als er die Tür schließen will, verliert er das Gleichgewicht und stürzt in den Straßengraben. Er schafft es nicht aufzustehen. Am Ende der Straße sieht er verschwommen die Lichter eines Autos auf sich zukommen.

2

Prockner schließt die Tür des Bürocontainers. Er steckt die Schlüssel in die Tasche. Die Lederjacke über dem Arm, die Aktentasche in der Hand läuft er über den Platz zu seinem Auto. Es ist ein Kleinbus und trägt einen Werbeschriftzug Lentzer Haus. Er steigt ein. Im Hintergrund ist das Umfeld einer Baustelle zu sehen. Ein Bauwagen, ein Stahlcontainer, Lager von Baumaterial. Der Bürocontainer provisorisch im Sand aufgestellt.

Prockner fährt über die Landstraße. Er telefoniert.

»... lief ganz gut ... na ja, die können nicht so viel finanzieren, wie sie sich vorgestellt haben, im Prinzip nehmen sie das Standardprogramm, ohne Terrasse und nur den kleinen Keller.

... okay, rede du morgen noch mal mit Kirschner, bei dem Untergrund kann man sicher auch am Fundament noch 'n bisschen sparen.

... ja, schick's mir per Mail, also gut bis morgen.«

Das Gespräch ist zu Ende. Er schaltet das Radio ein, die 22.00 Uhr-Nachrichten verkünden mildes Wetter für morgen. Sein Telefon klingelt.

»Ach Schatz ... na ja so 'ne gute Stunde noch ... es hat heute 'n bisschen gedauert ... dann geh doch schon mal ins Bett, ich mach dann leise.«

Prockner fährt auf eine Tankstelle zu. Die Nadel der Anzeige auf dem Armaturenbrett ist schon im roten Bereich. Er schaut auf die Tafel mit den Preisen. Parkt das Auto direkt vor dem Shop. Er sucht aus einem Eimer einen Blumenstrauß in gelber Plastikfolie.

Zwei junge Mädels stehen an der Kasse. Vor sich eine Tüte Chips, eine Flasche Sekt, eine Packung Zigaretten und ein Feuerzeug.

Typ an der Kasse: »Ohne Ausweis keine Zigaretten und keinen Alkohol.«

Eines der Mädchen, etwas frühreif, ein bisschen auffällig geschminkt, spielt mit gekonnter Bewegung ihren hübschen Busen in den Vordergrund.

»Sehe ich wirklich aus, als wenn ich noch keine sechzehn wäre?«

Mit einen Seitenblick sucht sie von Prockner Bestätigung. Der lächelt.

Typ an der Kasse: »Nee Schätzchen, du siehst schon aus wie sechzehn, aber achtzehn müsstest du sein! Also Chips und Feuerzeug? Drei fünfundsechzig.«

Das andere Mädchen legt einen Zehn-Euro-Schein hin. Der Typ an der Kasse gibt das Wechselgeld. Er blickt auf sein Display und dann fragend zu Prockner. Der legt den Strauß auf die Theke.

Prockner: »Der Ölpreis ist im Keller, aber der Sprit wird trotzdem nicht billiger.«

Typ an der Kasse: »Kann ich auch nicht ändern. Alles?«

Im Weggehen das eine Mädchen zu dem anderen: »Was wollen wir jetzt mit 'nem Feuerzeug?«

Prockner schaut noch mal zu den beiden. Die frühreife blinkert zurück. Prockner wendet sich wieder dem Typ zu und deutet auf die Sachen der Mädels.

»Die Flasche noch und die Kippen.«

Der Typ an der Kasse zögert kurz.

Prockner: »Wollen Sie meinen Ausweis sehen?«

Der Typ scannt die Sachen. Drückt auf eine Taste. »Siebzehn zwanzig.«

Eine Pause entsteht, bis Prockner aufmunternd zu den Mädchen blickt. »Na?«

Die Mädchen sind kurz erstaunt. Dann greift die eine zu ihrem Portemonnaie und sucht nach Geld.

Prockner fährt durch ein Wäldchen. Im Radio gibt es Rock. Er kommt in den Kreisverkehr und fährt weiter Richtung Industriegebiet. Schon aus der Ferne fällt ihm ein Auto auf, was am linken Straßenrand steht. Die Heckscheibe ist zerbrochen. Prockner hält einige Meter dahinter, steigt aus, sieht sich um. Der Motor des Autos läuft noch. Vorsichtig nähert er sich dem Fahrzeug. Am Kofferraum sind Einschüsse zu sehen. Er schaut durch das zerschossene Fenster der Beifahrertür. Die Fahrertür ist offen, der Wagen ist leer.

Er schaut in die Nacht. Er öffnet die Tür, beugt sich in den Wagen um den Motor abzustellen. Prockner läuft um das Auto herum. Da sieht er eine Pistole auf sich gerichtet. Am hinteren Rad angelehnt sitzt im Gras ein Mann, Vincent. Prockner rührt sich nicht. Vincent lässt den Arm mit der Waffe ins Gras sinken. Er ist offenbar schwer verletzt.

Vincent: »Telefon!«, röchelt er.

»Was?«

»Dein Handy!«

Prockner holt sein Telefon aus der Tasche und will es herüber reichen. Vincent schüttelt den Kopf und diktiert: »0182 322 8434«

Prockner wählt, kniet nieder und hält es dem Verletzten ans Ohr. Der wartet eine Weile schüttelt dann enttäuscht den Kopf.

Prockner nutzt den Moment und entwindet ihm die Pistole. Vincent kann sich nicht wehren.

Die Pistole fasst sich feucht an.

»Helfen Sie mir! Bitte ... Gehen Sie ins *Carret* am Bahnhof, fragen Sie nach Veronica, sie darf auf keinen Fall nach Hause gehen. Auf gar keinen Fall. Haben Sie verstanden?!«

»Warum sollte ich das machen?«

»Greifen Sie mal in meine Jackentasche - los!«

Prockner greift in die Tasche und zieht ein Bündel Geldscheine heraus. Es sind acht oder zehn 500-Euro-Scheine.

»Nehmen Sie, und machen Sie schon. Beeilen Sie sich!«

Prockner betrachtet das Geld. Auch an den Scheinen klebt Blut.

»Hast du noch mehr davon?«

Ohne eine Antwort abzuwarten durchsucht Prockner alle Taschen des Verletzten. Nimmt dessen Brieftasche und auch einen gepolsterten Umschlag.

Von Ferne tönt eine LKW-Hupe durch die Nacht. Prockner sieht auf - kein Fahrzeug in der Nähe. Eilig steckt er die Pistole in den Gürtel und geht zu seinem Wagen.

»Hey!«, ruft ihm Vincent mit schwacher Stimme hinterher.

Prockner fährt weg.

Vor einem elfgeschossigen Plattenbau sitzt Prockner im Auto. Er steht auf dem Parkplatz einer Neubausiedlung. Er hält die Pistole in den Händen und betrachtet sie. Es ist eine *Desert Eagle Mk VII*. Auf dem schwarz silbernen Metall sind blutige Fingerabdrücke zu sehen. Auch seine Hände sind schmutzig. Nach einigem Überlegen legt er die Pistole in seine Aktentasche. Prockner steigt aus, wirft die Autotür zu. Die Jacke über dem Arm, die Aktentasche und die Blumen in der Hand geht auf den Block zu. Er hält bei den Mülltonnen, stellt seine Tasche ab und legt die Jacke darüber. Aus dem Strauß zieht er eine einzelne Rose heraus und wirft den Rest in die Tonne.

Er läuft auf das Hochhaus zu, schaut nach oben. Die Fenster im siebten Stock sind dunkel.

Unter einem Wasserhahn waschen sich Hände von Blut und Schmutz. Das braunrot gefärbte Wasser verschwindet in kreisenden Bewegungen im Abfluss. Prockner betrachtet sein Gesicht im Spiegel. Obwohl erst Anfang dreißig, gibt es schon graue Strähnen. Auch einige Falten haben sich dauerhaft in die Haut gegraben, doch sie stehen ihm nicht schlecht. Sekundenlang steht er da, und schaut, als würde er etwas suchen.

Im seitenverkehrten Bild taucht Livia auf. Südländischer Typ. Ihr volles schwarzes, gelocktes Haar ist offen und nicht wie am Tage zu einem Zopf gebunden. Sie ist mit einem T-Shirt bekleidet. Doch das lässt alles erkennen, was sich darunter verbirgt. Dies und auch alles, was es nicht verdeckt, findet Prockners Wohlgefallen.

Mit einem leichten Akzent spricht sie:

»Du hast gesagt eine Stunde, jetzt sind es zwei.«

»Ich war noch tanken.«

»Dann sag doch gleich zwei Stunden.«

Prockner geht an ihr vorbei aus dem Bad.

»Schatz, ich hab doch gesagt, dass es heute später wird.«

Livia folgt ihm.

»Heute? Du warst letzte Woche keinen Tag vor zwölf hier ...«

Er gibt ihr die Rose und küsst sie auf die Nasenspitze.

Livia sanfter: »... und überhaupt wieso braucht man eine Stunde zum Tanken?«

Prockner nimmt seine im Flur abgestellte Aktentasche. Livia schneidet die Rose an und steckt sie in eine Weinflasche.

Prockner hat inzwischen in der Küche seine Tasche auf den Tisch gepackt, und ein Bündel schmutziger 500-Euro-Scheine daneben gelegt. Livia, sieht das Geld, sieht Prockner erstaunt und fragend an.

3

Es ist halb eins. Im *Carret* sitzen noch ein paar Gäste. Die Gäste, die sich über die Jahre durch ihre regelmäßige Anwesenheit das Privileg erarbeitet haben, um diese Zeit noch hier sitzen zu dürfen. Denn es ist Feierabend, schon eine halbe Stunde. Veronica zieht ihren Mantel über.

Typ an der Bar: »Wenn du noch 'ne viertel Stunde hast, kann ich dich absetzen ...?«

Veronica holt ihr Handy aus der Tasche, schaut aufs Display.

»Ach na ja, ich mach schon mal los, in 'ner viertel Stunde bin ich auch zu Hause, danke dir Pepe.«

»Okay, Veronica, bis morgen.«

»Ciao.«

Sie geht hinaus. Drückt auf ihrem Handy eine Taste und hält es sich ans Ohr.

Prockner und Livia liegen im Bett. Kein Licht ist an. Nur die Laternen unten von der Straße werfen ein Schattenmuster an die Schlafzimmerdecke.

»Das Auto war total durchlöchert, die Fenster kaputt und er lag im Gras daneben und hat sich nicht mehr gezuckt. Sah aus, als wäre er aus dem Wagen gefallen. Die Tür war offen und der Motor lief. «

»Das ist ja gruselig, ich wäre glaub ich nicht ausgestiegen.«

»Ich hab ihn herumgedreht und den Puls gefühlt, aber da war nichts - außer Blut überall. Hab dann den Motor abgestellt. Im Auto war alles voller Glaskrümel, und auf dem Beifahrersitz lag so ein Umschlag. Na ja und da war'n die ganzen Mäuse drin.«

Livia schweigt und atmet tief ein und aus.

Prockner: »Ja, ich weiß, dass das so rein juristisch vielleicht nicht ganz in Ordnung war. Aber der Typ konnte mit dem Geld eh nichts mehr anfangen. Außerdem, so, wie das alles da aussah, bin ich mir sicher, dem hat das Geld auch nicht wirklich gehört.«

»Vielleicht wäre es dann besser gewesen, die Polizei zu rufen.«

»Mensch, das sind zwölftausend Euro – einfach so geschenkt. Müsste ich doch verrückt sein!«

»Wer weiß wo das herkommt?«

»Keine Ahnung, ist mir auch egal. Ich hab es ja quasi nur *gefunden*.«

Veronica ist auf dem Heimweg. Tagsüber ist es eigentlich eine belebte Gegend hier. Zur Nacht jedoch etwas still, dunkel und unheimlich. Aber es sind ja nur ein paar

Blocks. Sie geht eine Straße entlang, hört Schritte hinter sich. Sie biegt um eine Ecke, läuft etwas schneller. Keine Schritte mehr zu hören. Sie gelangt zu einer Haustür. Sie sucht ihren Schlüssel, will ihn ins Schloss stecken, er fällt auf den Boden. Sie hebt ihn auf. Steckt ihn ins Schloss. Die Tür ist aber nur angelehnt. Das hatte sie gar nicht bemerkt. Sie geht hinein.

Veronica schließt die Wohnungstür auf und tritt ein. Sie knipst das Licht an und macht die Kette vor die Tür. Es geht ein bisschen schwer.

Ein Wellensittich piepst.

Sie hängt den Mantel an die Garderobe, stellt einen Beutel ab, verschwindet im Bad und dreht das Wasser auf.

Der Wellensittich piepst.

Das Wasser plätschert in die Badewanne. Sie geht in die Küche, holt etwas aus einem Schrank und kommt mit einer Tüte Vogelfutter ins Wohnzimmer.

Sie erschrickt. Da sitzt ein Mann am Tisch.

»Wo ist dein Bruder?«

Veronica ist erstaunt.

»Menges, was machst du hier? Wie bist du hier rein gekommen!?«

»Du weißt doch, dass für mich keine Tür verschlossen ist.«

»Wo ist mein Bruder!?«

»Das hab ich *dich* gerade gefragt.«

Der Wellensittich piepst.

Veronica ist eingeschüchtert.

»Was ... was willst du?«

»Dein kleines Brüderchen, er - sagen wir mal - versucht mich zu verarschen! Er will mich um meinen Anteil bescheißen. Und das kann ich mir verständlicherweise nicht gefallen lassen.«

Veronica bekommt Angst, sie schweigt.

Menges wird nachdrücklicher.

»*Wo* ist Vincent?!«

»Ich weiß es nicht.«

»Er hat sich nicht bei dir gemeldet?«

»Nein.«

Der Wellensittich piepst.

»Was war denn los?«

»Weißt du was ich glaube?«

Menges legt eine Pistole mit aufgeschraubtem Schalldämpfer vor sich auf den Tisch.

»Ich glaube, du versuchst ebenfalls mich zu verarschen.«

Veronica ersarrt.

» Ruf ihn an! Sag ihm, wenn er nicht bald hier auftaucht, kann ich für nichts mehr garantieren.«

Unerwartet schleudert Veronica Menges die Vogelfuttertüte ins Gesicht und rennt aus dem Wohnzimmer. Menges hat das Gesicht voller Körner, aber er ist schnell hinter ihr her. Veronica ist an der Wohnungstür, bekommt aber die Kette nicht gleich auf. Menges ist im Flur. Veronica kann die Tür öffnen. Ein Schuss trifft sie am Oberschenkel. Sie sinkt auf dem Treppenabsatz zusammen und stürzt die Treppe herunter.

Der Wellensittich piepst.

Menges geht in den Hausflur und sieht sie am unteren Absatz liegen, reglos, ihr Kopf eigenartig verdreht.

Menges beugt sich über sie.

»Scheiße!«

Im Haus sind Geräusche zu hören. Schnell geht er zurück in den Flur, durchsucht Veronicas Mantel und ihre Tasche. Nimmt ihr pinkfarbenes Handy, rennt die Treppe hinunter und verlässt das Haus.

Prockner und Livia schlafen.

Ein Telefonklingeln ist zu hören. Entfernter und halliger Klang. Prockner wacht schweißgebadet auf. Damit verstummt das Geräusch.

Er steht auf, läuft durch die Wohnung nimmt sein Handy. Das Gerät ist aber ausgeschaltet. Es war wohl nur in seinem Traum. Er dreht sich um, will wieder ins Bett gehen, und erschrickt. Livia steht plötzlich vor ihm.

»Kannst Du nicht schlafen?«

Sie gehen wieder ins Bett. Livia kuschelt sich an ihn.

»Entschuldige, wegen vorhin, ich mach mir einfach nur Sorgen, wenn du nicht da bist.«

»Du musst dir aber keine Sorgen machen, mein Schatz. Lass uns schlafen.«

Er gibt ihr einen Kuss. Prockner schaut an die Decke, er denkt nach.

4

Am frühen Morgen, auf der Straße vor Veronicas Haus stehen mehrere Polizeifahrzeuge. Die Leute der Spurensicherung tun in der Wohnung und im Haus ihre Arbeit.

Assistent Tahler spricht mit Kommissar Kock: »Schuss in den Oberschenkel und dann wahrscheinlich gestürzt und unglücklich aufgekommen. Hals- und Beinbruch könnte man fast sagen.«

Kock: »Jemand was gehört oder gesehen?«

»Familie Kramer, in der Wohnung darunter. Das Wasser ist übergelaufen und bei ihnen durch die Decke gekommen. Sie wollten nachsehen und haben sie auf dem

Treppenabsatz gefunden. Sie hatte wohl vor ein Bad zu nehmen.«

»Zeitpunkt des Todes?«

»Schätzungsweise eins.«

Kock überlegt: »Hm, so spät noch baden ...?«

Tahler: »Sehr wahrscheinlich kannte die Frau ihren Mörder. Es gibt keine Kampfspuren lediglich verschüttetes Vogelfutter.«

»War ja eine ereignisreiche Nacht. Weiß man schon etwas über den Mann der niedergeschossen wurde?«

»Nein, Identität konnte noch nicht festgestellt werden. Keine Papiere. Das Nummernschild am Auto war manipuliert. Meinen Sie, es gibt vielleicht einen Zusammenhang mit der Toten hier?«

»Möglich Tahler, schwer zu sagen. Mal die Ballistik abwarten.«

Prockner in Trainingssachen, auf seiner Laufstrecke. Das ausgedehnte Waldstück grenzt direkt an die Neubausiedlung und reicht bis zur Autobahn und noch einige Kilometer darüber hinaus.

Er läuft schnell und geübt. Nur die Pistole in seiner Hosentasche, die rhythmisch gegen den Oberschenkel schlägt und deren Gewicht an der Hose zieht, stört die Routine. Schließlich nimmt er sie heraus, wickelt sie in seine Mütze, behält sie in der Hand und läuft weiter. Er bleibt auf der Brücke, die über einen kleinen Kanal führt stehen. Er schaut übers Geländer auf das Wasser. Er zieht das Magazin aus dem Pistolengriff, schiebt es wieder hinein und überlegt.

Er läuft weiter bis zum Bahndamm. Ein Güterzug donnert vorbei. Prockner hält die Pistole mit beiden Händen. Er zielt auf einen Baumstumpf. In kurzer schneller Folge verschießt er vier Kugeln. Dicht beieinander treffen sie das Holz. Prockner betrachtet die Waffe. Er streicht über das Metall, fühlt die Wärme des Laufes. Sorgfältig hebt er die Patronenhülsen vom Boden auf und macht sich auf den Heimweg. In seinem Arbeitszimmer legt er die Pistole in ein Schreibtischfach.

Prockner kommt frisch geduscht in die Küche. Er hat einen muskulösen, durchtrainierten Körper. »Ich rasiere mich noch schnell.«

Livia sitzt am Tisch, trinkt Kaffee.

»Ach, lass doch. Es gefällt mir eigentlich ganz gut.«

Im Radio werden die Blitzer verraten.

»Komm setzt dich her, dein Kaffee wird auch kalt.«

Prockner greift sich eine Packung Orangensaft aus dem Kühlschrank, trinkt daraus und stellt sie wieder rein.

Livia: »In den Nachrichten haben sie nichts gebracht.«

»Was haben sie nicht gebracht?«

»Irgendwas wegen einer Schießerei oder einem Raub oder so was ...«

»Ach so.«

Prockner geht aus der Küche.

»Also auch keinen Mord?«, hört Livia ihn aus dem Flur.

»Was denn für ein Mord?«

»Na irgend ein Mord ... gibt's doch manchmal auch ...«

»Heute nicht.«

Prockner geht in sein Arbeitszimmer.

Er kommt wieder in die Küche. Hat sich sein Hemd angezogen, knöpft es zu, setzt sich. Er hält den Umschlag mit den Geldscheinen in der Hand und schaut hinein.

»Blöd, dass das so große Scheine sind.«

Er schaltet sein Telefon ein. »Ich kann die ja nicht einfach zur Bank schleppen und auf mein Konto einzahlen.«

Livia hat ihm Toast gemacht, sich selber aber keinen.

»Isst du nichts?«

Livia schaut auf die Uhr.

»Ich muss gleich los.«

Sie steht auf.

»Gib mir doch einen.«, sagt sie.

Prockner hält ihr einen der Toasts hin.

»Nee, einen von den Scheinen. Muss ich nicht zum Automaten. In der Kasse kann ich den schon wechseln.«

Er sucht einen heraus.

»Hier, der ist einigermaßen sauber.«

Prockners Telefon piepst - eine Nachricht.

Livia steckt den Schein, umständlich in ihr Portemonnaie.

Prockner greift das Handy, hört seine Mailbox ab.

Livia nimmt den Mantel von der Garderobe und zieht sich an.

Mailboxnachricht: »Ja hallo, hier ist Veronica ...«

Prockner drückt das Telefon fester an seinen Kopf und wendet sich von Livia ab. Sie kann die Nachricht nicht verstehen, aber es ist die Stimme einer jungen Frau.

»Wer war denn das?«

Prockner schüttelt verlegen den Kopf.

»Weiß nicht ... verwählt ...«

Livia sieht Prockner misstrauisch an.

»Wie lange bist du heute unterwegs?«

»Ich fahr mittags ins Büro, hab nur irgendwann einen Termin mit ‚'nem Käufer ...«

Sie wendet sich um, verschwindet grußlos aus der Tür, die lautstark zufällt.

Prockner betrachtet die Scheine in seiner Hand, geht ins Arbeitszimmer und legt sie auf den Tisch.

Er fummelt eine Zigarette aus seiner Jacke und geht auf den Balkon.

Er verfolgt Livia auf dem Parkplatz mit seinen Blicken. Sie steigt in einen alten silbergrauen Audi Avant und fährt davon. Prockner zündet die Zigarette an und raucht.

5

Eine schicke Limousine parkt in der Altstadt in der Nähe vom Markt. Menges steigt aus. Zielstrebig steuert er auf ein Juweliergeschäft zu. Er betritt den Laden.

»Guten Morgen, was kann ich für Sie tun?«

Menges zückt einen Ausweis und hält ihn dem Verkäufer unter die Nase.

»Vor ein - zwei Tagen wurden ein paar ganz hübsch wertvolle Steine geklaut.«

Verkäufer: »Wie hübsch denn?«

»Hübsch genug, ich denke mal, der, der sie jetzt hat, wird versuchen sie zu verkaufen.«

»Hm.«

Menges fummelt eine Visitenkarte aus seiner Brieftasche und legt sie vor dem Verkäufer auf die Vitrine.

»Also wenn hier irgendwer auftaucht, wäre es ganz nett, wenn Sie zufällig einen Blick auf seine Sozialversicherungsnummer werfen könnten.«

»Zufällig?«

Menges sieht den Verkäufer eindringlich an und sagt nicht ohne Ironie: »Na ja klar, sag ich doch, *zufällig*.«

Prockner sitzt im Arbeitszimmer an seinem Schreibtisch. Die Brieftasche, die er dem Typen abgenommen hatte und das Geldbündel liegen vor ihm. Sein Handy klingelt.

»Prockner?«

Er hört zu nickt widerwillig, und wirkt etwas ärgerlich:

»... na ja, eigentlich hatten wir halb zwölf gesagt.

... na gut, bis dann. Ich mach mich gleich auf den Weg.«

Ein Kugelschreiber steckt an der Brieftasche. Prockner macht ihm ab und blättert in dem erbeuteten Etui. Eine Visitenkarte, irgendwelche Mitgliedskarten.

Ein Foto von einer jungen Frau - Veronica. Prockner betrachtet es eine Weile.

Schließlich steht er auf, zieht sich die Jacke an, nimmt seine Tasche und verschwindet aus der Wohnung.

Prockner steht mit seinem Auto an der Ampel. Er schaut auf die Uhr. Es ist kurz nach elf. Die linke Spur bekommt Grün. Kurz entschlossen setzt er den Blinker, wechselt auf die linke Spur und wendet. In der Straße vor dem Bahnhof parkt er den Wagen.

Prockner kommt ins *Carret*. Er setzt sich an einen Tisch, von dem er das Lokal überblicken kann.

Die Bedienung bringt die Karte.

»Nur einen Kaffee bitte.«

Prockner sieht sich um.

Der Kaffee kommt.

»Sagen Sie, ähm, die Veronica, ist die heute nicht da?«

»Spätschicht, ganze Woche.«

»Ich zahl' dann gleich.«

»Zwo achtzig.«

Als er das Autoradio einschaltet, laufen gerade die Nachrichten: » ... wurde letzte Nacht erschossen ...«

Prockner dreht lauter, aber es ist nichts weiter zu erfahren.

Prockner parkt am Baustellengelände, schließt den Bürocontainer auf, hängt seine Jacke auf den Haken. In der Küchenzeile bereitet er die Kaffeemaschine darauf vor, ihm einen Kaffee aufzubrühen. Er setzt sich an seinen Schreibtisch, blickt durchs Fenster. Draußen wird gearbeitet. Ein Handwerker schiebt eine Karre mit zwei Druckflaschen durch die Gegend.

Prockner studiert irgendwelche Unterlagen, telefoniert: »... ja, dass habe ich ihnen auch schon ges...«

»nein ... nein ... nein ... doch ... das können sie so nicht sagen ...«

Pause.

»Ja, Wiederhören.«

Er legt auf.

»Scheiße!«

Er geht zum Regal holt einen Katalog heraus und blättert darin.

Draußen kommt ein Auto angefahren. Prockner sieht aus dem Fenster. Ein Paar steigt aus. Er steht auf, nimmt einen Schlüssel aus einem Fach und verlässt den Container und geht zu den beiden.

»Ja, Dr. Schleminger ...«, ruft er.

Er schüttelt der Frau die Hand.

»Prockner.«

»Wegner.«

»Sehr angenehm.«

Gibt Schleminger die Hand.

»Hallo.«

»Ja, schön, dass es doch geklappt hat.«

Sie gehen über den Platz zum Musterhaus. Prockner schließt die Tür auf. Macht eine einladende Geste: »Na dann mal hereinspaziert.«

Vor der Hauptpost betritt Menges eine Telefonzelle. Er blättert im Telefonbuch. Sein Finger verweilt bei einer Nummer. Er wählt.

»Die Notaufnahme bitte ...

... ist gestern bei Ihnen ein Mann eingeliefert worden, so 35, dunkelblond, ca. 80 Kilo mit Schussverletzung?«

Er wartet.

» ... danke.«

Menges hängt den Hörer kurz ein, nimmt ihn wieder, wählt die nächste Nummer.

»Die Notaufnahme bitte ...«

Im Musterhaus streicht Frau Wegner über ein Fensterbrett. »Das sieht alles so neu aus.«

Prockner klopft an einen Türrahmen. »Das ist auch alles ganz neu!«, freut er sich.

Frau Wegner zu Schleminger: »Ich finde das hat keinen Charme. Ich würde lieber in einem Haus wohnen, das ... so ... ein bisschen oll ist.«

Schleminger kennt die Diskussion schon und erwidert humorvoll: »Ach Schatz, wenn wir ein paar Jahre darin gewohnt haben, sieht es auch oll aus.« Er lacht.

Prockner versucht: »Die meisten Ausstattungskomponenten gibt es auch in rustikalen Varianten ... also quasi auf alt gemacht ...«

Im Polizeipräsidium drückt Kommissar Kock am Kaffeeautomaten einen Knopf. Dieser soll ihm ein Cappuccino zubereiten. Tahler redet von der Seite auf ihn ein.

»Wissen Sie was lustig ist?«

Tahler wartet, um die Spannung ein wenig in die Höhe zu treiben.«

»Ich nehme an, Sie werden es mir gleich sagen?«

»Die Veronica Bartolli trug einen Ring am Finger ...«

Der Kaffeeautomat mischt sich geräuschvoll in das Gespräch.

»... 900er Gold mit einer Eingravierung neunzehnhundertdreiundsechzig in römischen Ziffern.«

Kock nimmt den Becher.

»Interessant.«

Beide gehen einen Flur entlang. Kock denkt nach.

»Obwohl, so interessant ist es eigentlich auch wieder nicht, oder kommt noch was, Tahler?«

Tahler: »Ja, es wird noch viel besser ...«

Er versucht es wieder mit einer Pause.

Kock balanciert seinen Becher durch den Flur.

»Nun sagen Sie es schon!«

Tahler nickt. »Interessant ist nämlich, dass der Unbekannte auf den geschossen wurde, einen ganz ähnlichen Ring trug. Gleiches Material, gleiche Gravur.«

Kock: »... wie Eheringe?«

Tahler wirkt erstaunt und begeistert über die Schlussfolgerung.

»Sie denken, die beiden waren verheiratet?«

»Na ja, das kann wohl nicht sein, wenn man annimmt, dass 1963 vielleicht das Hochzeitsdatum ist ...«

Tahler: »Hm.«

Kock öffnet die Tür zu seinen Büro, beide treten ein. Die Tür schließt sich.

Prockner, Schleminger und Frau Wegner stehen am Auto von Schleminger. Im Hintergrund das Musterhaus und der Bürocontainer.

Prockner: »Das hängt ganz von Ihren Möglichkeiten ab. Ich kann Ihnen da schon einiges zurecht schieben, bis es passt ...«

»Aha?«

»Da sollten wir uns einfach noch mal zusammen setzen, bisschen Zeit mitbringen ...«

Schleminger: »Wann?«

»Na so bald wie möglich. Von mir aus gleich, gehen wir rüber ins Büro.«

Frau Wegner stupst Schleminger an und deutet auf ihre Uhr. »Ich muss noch ...«

Prockner: »Heut' Nachmittag bin ich auch in der Stadt, ich könnte zu Ihnen kommen.«

Frau Wegner und Schleminger schauen sich an.

Prockner weiter: »Oder wir treffen uns irgendwo.«

Schleminger: »Schlagen sie was vor.«

»Na vielleicht am Bahnhof im *Carret*? So um drei?«

»Prima, bis dann.«

6

Prockner fährt die Landstraße von gestern entlang. Er nähert sich der Stelle, wo letzte Nacht das zerschossene Auto stand. Er verlangsamt das Tempo. Fährt mittig der Straße, schaut hinaus, versucht etwas zu entdecken. Nichts zu sehen, keine Spuren eines Unfalls, nichts auffälliges.

Es hupt laut. Prockner erschrickt. Im Rückspiegel ein LKW ganz dicht auf ihn aufgefahren. Er fährt an die Seite, stoppt den Wagen. Er lässt den LKW überholen und steigt aus. Er ist sich nicht ganz sicher, wo genau die

Stelle war. Aber irgendwo hier muss es schon gewesen sein. Das Auto wurde offenbar abgeschleppt und der Tote sicherlich zur Untersuchung in die Autopsie gebracht.

Eine halbe Stunde später sitzt Prockner mit Schleminger an einem Tisch im *Carret*. Unterlagen vor sich ausgebreitet. Auf bedruckten A4-Seiten sind mehrere Haustypen abgebildet, mit Preisen von 150.000 EUR bis 450.000 EUR.

Prockner tippt mit dem Kuli auf das 250.000 EUR Haus. »Wenn *das* ungefähr Ihren Vorstellungen entspricht, Sie aber nur *das* bezahlen wollen.« Prockner tippt auf das 200.000 EUR Haus. »Dann nehmen Sie doch *das* hier.« Er tippt auf das 150.000 EUR Haus und sieht Schleminger vielsagend an.

Schleminger versteht nicht und schaut fragend zurück. Prockner zieht sein Jackett aus.

»Ach, ist mir warm ... Ich mach Ihnen jetzt mal einen Vorschlag ... unter uns.«

Schleminger in Erwartung.

»Wir machen einen Vertrag über einhundertfünfzigtausend. Das was Sie darüber hinaus noch an zusätzlichen Wünschen haben, kann man auch für weitere fünfzigtausend realisieren - nur eben nicht auf dem Papier.«

Schleminger weiß nicht, was er sagen soll.

Prockner weiter: »Das wird Ihnen die Bank natürlich nicht finanzieren. Müssen Sie mal sehen, wie Sie das Geld irgendwo auftreiben können.«

Schleminger noch immer schweigend.

»Daneben sparen Sie natürlich auch noch anteilig Notarkosten und Steuern.«

Schleminger lacht schließlich:

»Wer sagt mir denn, dass Sie mich nicht bescheißen?«

Prockner lacht auch: »Niemand sagt Ihnen das.«

Draußen kommt ein schickes Auto vorgefahren.

Menges steigt aus. Er betritt das *Carret*. Geht direkt zum Tresen.

»Hat jemand nach Veronica gefragt?«

Prockner hört es und zuckt zusammen. Er sieht sich vorsichtig nach Menges um.

Typ am Tresen: »Die ist noch nicht hier.«

»Das wollte ich nicht wissen! Ob jemand nach ihr *gefragt* hat, *das* wollte ich wissen.«

Schulterzucken: »Was bist'n du für einer.«

Menges hält ihm einen Ausweis unter die Nase.

»'tschuldigung.«

Der Wirt kommt mit einem Tablett aus der Küche: »Was ist los?«

Er geht weiter um zu servieren.

»Ob jemand nach Veronica gefragt hat, will er wissen.«

»Na ja, heute Vormittag der hat einer nach ihr gefragt ... warum?«

Der Wirt steht vor dem Tisch, an dem serviert werden soll. Im Hintergrund am Tisch, Schleminger, der auf die Unterlagen stiert. Prockner fehlt.

Menges ruft: »Ja, das wüsste ich auch gerne ... Was war'n das für einer, ist der öfter hier?«

Der Wirt trägt die Sachen auf.

»Keine Ahnung.«

Er dreht sich herum und geht wieder zum Tresen. Prockner kommt unter dem Tisch vor, seinen Stift in der Hand. »Ach da ist er ja!«

Menges verlässt das Café.

Prockner und Schleminger am Tisch. Schleminger meint: »Ich müsste mal mit meiner Frau darüber sprechen.«

Prockner ist mit den Gedanken woanders. Kommt wieder zu sich.

»Was?«

»Ich sagte, ich müsste mal mit meiner Frau darüber sprechen.«

»Ach so, ja, na ja machen Sie das, wenn Sie das weiter bringt?«

7

Ein Streichholz entzündet sich und steckt einen Kerzendocht an. Prockner und Livia am Tisch beim Abendbrot. Prockner legt die Streichhölzer beiseite, greift zum Weinglas: »Zum Wohl mein Schatz.«

Livia nimmt auch ihr Glas, stößt aber nicht an.

»Ja, zum Wohl.« Sie trinkt.

Prockner hebt mit dem Zeigefinger den schlaffen Kopf der Rose von gestern.

»Na ja, auch nicht mehr ganz frisch.«

Livia etwas spitz: »Und, wie war's bei dir?«

»Ach, nichts besonderes.«

»Hast du alles klären können?«

»Was denn klären?«

»Weiß nicht, dein Gespräch was du heut' morgen erzählt hast ...?«

»Ach so, ja, nee, ich hab dem ein Haus verkauft, was der sich gar nicht leisten kann ... und wovon wir auch nur träumen können ...«

Livia überlegt. Nach einigem Zögern will sie es aber doch wissen: »Martin, wer verdammt nochmal ist Veronica?«

»Ich kenn' keine Veronica.«

»Hallo? Ich hab heute morgen die Nachricht mitgehört, da hat sich eine Veronica bei dir gemeldet. Sorry, aber es war laut genug, dass ich es hören konnte.«

»Ach Mensch Livia, das ist nicht so wie du denkst.«

»Ach so? Wie ist es denn dann?«

Prockner windet sich.

»Ach der Typ gestern Nacht, hat mit meinem Handy, jemand angerufen - seine Freundin wahrscheinlich ... eben diese Veronica. Die ist aber nicht rann gegangen ... na ja, dann hat sie wohl später zurückgerufen. Ich kenne sie nicht.«

»Der Typ gestern Nacht?«

»Ja.«

»Du hast gesagt, der wär' tot!«

»Na so genau weiß ich das nicht ... er hat sich dann halt nicht mehr bewegt.«

»Aha, aber geredet hat er noch ...?«

»Ja, aber dann nicht mehr.«

»Und wieso hast du dann keinen Krankenwagen gerufen?!«

»Mann, ich dachte eben der wäre tot ... das ganze Blut und so ... was soll denn diese Fragerei?«

Livia: »Ich will das einfach verstehen!«

»Da gibt's nichts zu verstehen.«

»Stimmt, das ist eine total bescheuerte Story, die du mir da auftischst!«

»Das ist vielleicht ein bisschen ungewöhnlich, aber nicht bescheuert. Der wurde gerade niedergeschossen und wollte sie wahrscheinlich um Hilfe bitten oder so ...«

»Na wenn dir das so einleuchtet, hättest du sie später nochmal anrufen können.«

Prockner gereizt: »Wie stellst'n dir das vor?«

Er äfft herum: »Hi, ich soll dir was ausrichten, von deinem Freund, der ist jetzt leider tot und ich bin der letzte der ihn lebend gesehen hat. Und weil er eh nichts mehr damit anfangen kann, hab ich ihm gleich noch die paar tausend Mäuse abgenommen ...«

»Ja, selbst das ist immer noch besser als gar nichts zu machen.«

Und zu sich: »Ich glaub's ja nicht!«

Prockner: »Man, ich wollte da nicht mit reingezogen werden. Das sind doch irgendwelche Gangster. Diese Veronica gehört sicherlich auch dazu.«

Livia steht auf, pustet die Kerze aus.

»Ich geh' ins Bett.«

Prockner sitzt noch im Arbeitszimmer. Display Handy. Er scrollt durch die Anrufliste. Da ist der Eintrag:

23.03 outgoing call 01823228434

Prockner überlegt. Sein Daumen bewegt sich auf die grüne Hörertaste zu – er zögert. Prockner legt das Telefon beiseite.

8

Nächster Morgen. Prockner joggt. Diesmal nicht im Wald. Er schlägt einen Weg Richtung Stadt ein. Er erreicht eine Telefonzelle. Von seinem Handy liest er Veronicas Nummer ab und wählt. Es meldet sich eine Männerstimme.

»Ja? Wer ist da?«

»Ist Veronica zu sprechen?«

»Im Moment nicht. Wer ist da? Kann ich was ausrichten?«

»Nein danke.« Prockner legt auf.

Menges hält Veronicas Handy in der Hand. Er überlegt. Er blättert die Liste der Anrufe durch.

08.30 incomming call unbekannt

23.12 outgoing call 01847492815.

23.03 incomming call 01847492815.

Also, gestern wurde sie von jemandem angerufen – erfolglos. Und zehn Minuten später hat sie diese Nummer zurückgerufen – auch erfolglos. Und heute morgen ruft jemand an, anonym ...

Prockner macht sich auf den Weg nach Hause. Er ruft Livia an: »Schatz, soll ich vielleicht Brötchen mitbringen? ... okay, bis gleich.«

Prockner sitzt im Bürocontainer und telefoniert.

» ... ich will Sie gar nicht drängen, bis Ende des Monats ist doch wirklich Zeit genug, finden Sie nicht? ... okay, Wiederhören.«

Sein Telefon klingelt.

»Prockner?«

Telefonstimme: »Wer ist da?«

»Prockner, Lenzer-Haus...«

»Prockner?«

»Ja, Prockner!«

Die Verbindung wird unterbrochen. Prockner wirkt ratlos. unbekannt wird im Display angezeigt.

Prockner fährt im Auto. Er telefoniert: »Ja, Schatz, ich mach heute früher Schluss. Ich bin zuhause wenn du kommst.

... das kann alles auch bis nächste Woche warten.
... Wann machst du Feierabend?
... Okay, bis nachher. Kuss.«

Prockners Kleinbus rollt auf den Parkplatz vor dem Plattenbau. Er geht ins Haus, verschwindet im Fahrstuhl. Er schließt die Wohnungstür auf und geht hinein.

Etwas später sitzt er mit einer dampfenden Tasse Kaffee an seinem Schreibtisch. Er nimmt einen großen Briefumschlag, legt die Brieftasche hinein und will ein Blatt Papier beschreiben. Der Kuli, der an der Brieftasche gesteckt hatte funktioniert nicht. Prockner sieht, es ist gar keine Mine drin. Er lässt ihn aus der Hand fallen, um einen anderen Stift zu nehmen. Dabei macht der Stift ein seltsam klapperndes Geräusch. Prockner wundert sich, nimmt ihn wieder, schüttelt ihn. Klappern. Er schraubt ihn auseinander und zwanzig glitzernde Steine kullern aus der Plastikhülle. Er nimmt einen und schaut ihn sich an: Regelmäßig geschliffen, stark funkelnd.

»Heilige Scheiße!«

Er blickt auf die Steine. Er hat nur eine ungefähre Ahnung, was sie wert seinen könnten. Langsam dämmert ihm, dass der Anrufer von heute Mittag vielleicht kein gewöhnlicher Anrufer war. Er wischt den Gedanken beiseite.

Er geht auf den Balkon und zündet sich eine Zigarette an. Auf dem Parkplatz vor dem Haus rollt eine schicke Limousine heran. Menges steigt aus.

Prockner bemerkt ihn nicht. Er kenn ihn ja auch nicht.

Menges liest die Namen am Klingelbrett. Er schaut die Fassade hinauf und versucht zu kombinieren, in welchem Stock sich Prockners Wohnung befindet. Er geht die Treppe hinauf und schaut auf die Schilder an den Türen. Vor der Wohnungstür von Prockner, zwischen zweimal klingeln schraubt er seelenruhig einen Schalldämpfer auf seine Pistole.

Prockner auf dem Balkon hört das Klingeln nicht.

Menges öffnet mit einem Werkzeug das Schloss und betritt die Wohnung.

Er läuft den Flur entlang und schaut in die verschiedenen Zimmer. Als er auf Höhe des Balkonzimmer ist, müsste er nur noch hinein sehen und würde Prockner auf dem Balkon entdecken - da klingelt das Telefon. Er dreht sich herum.

Prockner hört ebenfalls das Telefon und will hineingehen, in letzter Sekunde sieht er Menges, bleibt wie versteinert stehen. Leise bewegt er sich zurück, lehnt er die Balkontür an und versteckt sich hinter der Wand.

Menges sieht nun doch ins Balkonzimmer – da ist nichts auffälliges zu sehen - und geht weiter. Er stöbert ein bisschen herum und macht es sich schließlich in einem Sessel im Wohnzimmer gemütlich.

Prockner lugt ins Zimmer und checkt die Möglichkeit vom Balkon zu klettern. Siebenter Stock. Auf dem Parkplatz, der silbergraue Audi kommt angefahren. Livia steigt aus.

Prockner macht ihr Zeichen. Erfolglos. Rufen kann er ja schlecht.

Livia betritt das Haus.

Prockner sucht etwas in seiner Hosentasche, vergeblich. Er sieht im Zimmer seine Jacke über dem Stuhl hängen. Auf Zehenspitzen schleicht er hinein, nimmt seine Jacke, zögert, geht noch mal zurück und nimmt die Pistole aus dem Schreibtischfach, steckt sie in seinen Gürtel. Er nimmt sein Handy aus der Jackentasche.

Livia betritt den Fahrstuhl, ihr Handy klingelt. Sie fummelt es aus ihrer Tasche.

»Sanchez?«

Sie hört einige Sekunden zu.

»Nee Sandra, vielleicht heut' Nachmittag ...«

Prockner hört nur das Besetztzeichen und legt verzweifelt auf.

Der Aufzug kommt im siebten Stock an, Livias Schritte im Treppenhaus.

Sie klappert mit dem Wohnungsschlüssel.

»Du Sandra, mein Akku macht schlapp, ich ruft dich gleich vom Festnetz zurück, okay?«

Menges hört die Geräusche an der Wohnungstür und konzentriert sich. Er steht auf, spannt seine Pistole und geht Richtung Flur.

Prockner in Panik, überlegt. Vom Balkon aus könnte er vielleicht den Nachbarbalkon zum Treppenhaus erreichen. Er klammert sich an die Balkonbrüstung, lässt sich langsam herab. Hängend kann er mit einer Hand um die Mauer herum die andere Brüstung greifen. Die rechte Hand folgt. Nun hängt er am Nachbarbalkon. Er zieht sich hoch und rollt über die Brüstung. Geschafft. Er wirft sich gegen die Balkontür. Beim dritten Mal gibt sie nach und Prockner ist im Treppenhaus.

Menges vom Krach aufgeschreckt, geht ins Balkonzimmer. Er tritt hinaus auf den Balkon, sieht sich um und entdeckt nichts.

Livia steckt den Wohnungsschlüssel ins Schloss. Sie versucht die Tür zu öffnen aber das Schloss klemmt etwas. Schließlich kann sie den Schlüssel drehen.

Menges hört die Schlüssel an der Tür, rennt in den Flur und zielt.

Prockner erreicht Livia in dem Moment, wo sie die Tür öffnet. Prockner zieht sie beiseite.

Die Wohnungstür ist offen. Mit der Pistole in der Hand sieht sich Prockner Menges gegenüber. Der schießt, das Holz am Türrahmen splittert. Prockner schießt zurück.

Er trifft Menges an der Schulter. Der drückt nochmal ab, hat aber dann mit sich zu tun.

Livia schreit.

Prockner packt sie am Arm: »Komm schnell!«

Prockner und Livia rennen die Treppen herunter. Im Haus öffnet eine verschreckte Oma die Tür.

Menges schleppt sich auf den Balkon und sieht beide in Prockners Bus davon fahren.

Prockner fährt zügig aber sicher.

»Folgt uns jemand?«

Livia steht unter Schock. Prockner ist auch nervös.

»Schatz, ich kann das im Spiegel nicht richtig sehen.«

Livia fängt an zu weinen.

»Nun sieh doch mal nach hinten, ob uns jemand folgt.«

Livia dreht sich um. Die Straße ist mäßig befahren.

»Natürlich folgt uns jemand.«

»Was?« Prockner sieht in den Rückspiegel.

Livia: »Da sind natürlich jede Menge Autos, woher soll ich denn wissen, wer da drin sitzt?«

Prockner biegt an einer Kreuzung scharf ab.

Livia dreht sich verwundert herum.

»Wo fährst du lang, die Polizei ist in der Jägerstraße!«

»Nicht zur Polizei!«

»Wieso, da war ein Mann mit 'ner Pistole in unserer Wohnung!«

»Ja, den ich angeschossen habe - mit 'ner illegalen Waffe!«

Prockner sieht wieder in den Rückspiegel.

»Na, vielleicht hab ich ihn ja erwischt.«

Livia immer noch total aufgelöst

Prockner sieht auf die Tankanzeige. Der Zeiger im roten Bereich.

»Scheiße!«

9

Menges ist getroffen, hat aber Glück im Unglück: glatter Durchschuss, wie man so sagt. Er findet im Badezimmer Zellstofftaschentücher und eine Kompressionsbinde. Er versorgt sich notdürftig um die Blutung zu stoppen. Er hat heftige Schmerzen.

Er läuft suchend durch die Wohnung. Dem Kuli auf dem Schreibtisch schenkt er aber keine Beachtung.

Am Telefon inspiziert er den Nummernspeicher. Zwei Handynummern schreibt er auf einen Zettel:

01847492815

01845511204

Er zieht Veronicas Telefon aus der Tasche und vergleicht: Die erste steht auch in der Anrufliste.

Polizeisirenen näher sich. Eilig verlässt er die Wohnung.

Prockners Auto hält an eine Tankstelle.

Livia: »Warst du gestern nicht erst tanken?«

»Da war der Sprit so teuer, 1.95!«

»Ist er hier auch.«

»Ja, aber jetzt ist der Tank leer.«

Prockner hält neben einer Säule, steigt aus dem Wagen und macht was man so macht, wenn man tanken will.

Livia steigt auch aus.

»Um Himmels Willen, wer war dieser Kerl?«

Prockner schüttelt den Kopf.

»Weiß nicht ...«

Er überlegt.

»Aber, ich hab den schon mal gesehen, am Bahnhof im *Carret*.«

»Wann waren wir denn im *Carret*?

»Wir waren da nicht. *Ich* war da, um diese Veronica zu treffen.«

»Das wird ja immer verrückter: erst erzählst du mir diese Gangsterstory und dann trefft ihr euch auf'n Kaffee?«

»Nein, sie arbeitet dort, als Kellnerin wahrscheinlich, ich wollte mich nur vergewissern, dass ihr nichts passiert ist.«

»Ja und überhaupt, woher hast 'n du 'ne Pistole?«

Prockner zögernd: »Von dem Typen vorgestern Nacht. Er hat mich bedroht und ich hab sie ihm abgenommen. Dann waren meine Fingerabdrücke dran und da hab ich sie eingesteckt - sicherheitshalber.«

Er steckt die Zapfpistole zurück an die Säule.

»Wie kann ein Typ hinter dir her sein, der vorgestern noch tot war?«

Prockner schraubt den Tankdeckel zu.

»Der doch nicht! Vielleicht irgend ein Kumpel oder diese Veronica ... na ja, jetzt hat sie vielleicht mitgekriegt, dass ihr Freund tot ist und denkt ich hab was damit zu tun und schickt mir'n Killer auf den Hals - oder so... Was weiß denn ich?«

Livia ist fassungslos.

Prockner sucht seine Brieftasche.

»Hast du Geld?«

Livia nimmt ihr Portemonnaie, holt den Schein heraus, den Prockner ihr am Tag zuvor gegeben hat.

»Kleiner hast Du's nicht?«

Livia: »Gefunden!«

Prockner: »Was?«

»Vorgestern klang die Geschichte noch ganz anders ...«

Prockner nimmt den Schein, wendet sich zum bezahlen. Livia geht ihm hinterher.

»Martin, ruf diese Veronica an und sag ihr, du gibst das Geld zurück, und mit dem Tod von dem Typen hast du nichts zu tun. Und wenn sie das nicht begreift, gehst du zur Polizei.«

Sie betreten den Tankstellenshop.

Prockner bemüht sich, nicht zu laut zu sprechen.

»Du spinnst wohl, ich geb' ihr doch das Geld nicht, das ist doch nicht seines gewesen.«

»Woher willst 'n das wissen?«

»Das war ein Gangster, vielleicht ein Mörder, der war in eine Schießerei verwickelt, hatte die Kohle und 'ne Pistole.«

»Aha, und jetzt hast du die Kohle und 'ne Pistole!«

Prockner reagiert nicht darauf.

Typ an der Kasse: »Fünfundneunzig zwanzig.«

Prockner gibt den Schein rüber.

»Kleiner haben Sie's nicht...?«

Prockner etwas zu laut.

»Nein!«, etwas leiser: »Machen Sie hundert.«

Sie verlassen den Shop.

Livia: »Mensch der Typ, hätte mich um ein Haar abgeknallt!«

»Und wer hat dich gerettet?« Er zeigt auf sich, wie um Livia die Findung der richtigen Antwort zu erleichtern. »Und womit? ... mit einer Pistole!«

Beide steigen in den Wagen und fahren los.

Livia: »Okay, was machen wir jetzt?«

»Schatz, wir suchen uns ein schnuckeliges Hotel, was meinst du?«

Prockner und Livia stehen an der Rezeption eines Hotels. Angestellte: »Zimmer 518. Der Lift ist gleich um die Ecke.«

Prockner: »Danke.«

Sie gehen von der Rezeption zum Fahrstuhl.

Livia: »Hätten wir nicht lieber einen anderen Namen sagen sollen?«

Prockner sagt nichts. Nach einer Weile: »Na ja, so kann ich's vielleicht wenigstens steuerlich abrechnen.«

Sie verlassen den Lift, gehen den Hotelflur entlang.

Prockner: »Ich könnte was zu Essen vertragen ... nachher muss ich noch mal in die Wohnung.«

»Was?!«

»Was *was*?«

»Du lässt mich doch hier nicht alleine hocken!«

»Ich muss das Geld holen - falls es noch da ist, und dein Auto ... und dann hab ich noch etwas vergessen.«

Livia: »Ich hab da auch was vergessen: meine Zahnbürste und 'n Schlüpfer zum wechseln!«

»Livia Schatz, ich bin höchstens eine Stunde weg. Da wird nichts passieren, niemand wird mich dort vermuten.

»Wieso denn nicht?«

Prockner in nicht ganz überzeugender Logik: »Nur ein Idiot käme auf die Idee, da jetzt noch mal hinzugehen.«

»Ja genau, du sagst es!«

Prockner schließt die Zimmertür auf.

Prockner: »Und ich hab noch eine kleine Überraschung für dich ...«

»Sag mal hast du sie noch alle? Mein Bedarf an Überraschungen ist für eine Weile gedeckt.«

Beide gehen rein, die Tür fällt zu.

Menges verlässt eine Arztpraxis, einen Arm in der Schlinge. Er geht die Straße herunter zu einem Telefongeschäft.

Der Ladeninhaber will gerade die Tür abschließen. Menges drängelt noch hinein.

»Wir schließen gerade.«

»Wer ist denn wir?«

»Äh ...«

»Wir beide? Oder verstehen Sie sich als Plural? Oder gar als Majestät?«

»Was?«

»Sie sagten eben wir schließen gerade, doch ich sehe nur Sie alleine.«

»Na ja, das sagt man doch so ...«

»Aha, tut man das?«

»Ja klar, das hat nichts zu bedeuten.«

»Ach so, hat nichts zu bedeuten, also schließen wir noch nicht?«

»Was wollen Sie?«

»Ich will einfach verstehen, was Sie mir sagen wollen und das scheint nicht so einfach zu sein.«

»Na ja 'ne Minute hätte ich schon noch, wenn's schnell geht?«

»Hängt ganz von Ihnen ab ... Ich hab hier zwei Telefonnummern und brauch' das Codewort um den Vertrag ändern zu können. Und damit es auch wirklich schnell geht«, Menges deutet auf seine Brusttasche. »In meiner Jacke steckt 'ne 45er.«

»Ich weiß gar nicht, ob die Nummern bei uns Kunden sind.«

»Dann finden sie das mal heraus, die Vorwahl passt ja ... ach so, falls es noch nicht ganz angekommen ist: ich weiß auch, wie man so eine 45er benutzt, praktische Erfahrung sind vorhanden.«

Der Ladeninhaber sucht im Computer herum.

Ein Lächeln entsteht auf seinem Gesicht.

»Hier, da haben Sie ja Glück.«

Menges notiert sich die Passwörter und spricht dabei:

»Nein, nein ich denke, *Sie* haben Glück!«

11

Prockner sitzt in der Bahn. Die Stadt fliegt an ihm vorbei.

Er läuft über den Parkplatz, auf das Haus zu. Schaut zu den Fenstern rauf. Nimmt nicht den Fahrstuhl, schleicht die Treppen hinauf. Im Siebten angekommen lauscht er. Entsichert die Pistole, steckt sie aber wieder in die Tasche. Alles ist ruhig.

Er schließt die Wohnungstür auf, betritt die Wohnung. Er holt die Pistole aus der Tasche. Ein knirschendes Geräusch, er ist auf Glasscherben getreten.

Er geht in sein Arbeitszimmer.

Die Balkontür ist zu.

Die Brieftasche liegt nicht mehr auf dem Tisch, aber der Kuli. Erschöpft lässt sich Prockner auf seinen Stuhl fallen, zündet sich eine Zigarette an.

Es klingelt. Prockner erschrickt und rührt sich nicht. Es klingelt nochmal. Prockner reagiert immer noch nicht. Es klopft.

»Nun machen Sie schon auf! Polizei. Ich weiß, dass Sie da sind.«

Prockner gibt sich einen Ruck, steht auf, steckt die Pistole hinten in seinen Gürtel. Er schließt geräuschvoll die

Tür des Arbeitszimmers, geht zur Wohnungstür und öffnet sie.

»Ja?«

»Guten Abend Mister Prockner.«

»Wer sind Sie?«

»Kock, Kommissar Kock.«

»Warum machen Sie denn nicht auf?«

»Äh, ... war gerade auf'm Klo.«

»Und, Spülen vergessen, hm?«

»Was?«

»Na ja , wenn man auf dem Klo war, spült man gewöhnlich.«

»Ach so, ja klar, die Spülung ist sehr leise ... was kann ich für Sie tun?«

»In Ihrer Wohnung wurde heute Nachmittag eingebrochen.«

»Was eingebrochen?! Ich hab mich schon gewundert, wie es hier aussieht.«

»Wissen Sie, das kommt mir schon ein bisschen seltsam vor: in Ihre Wohnung wird eingebrochen und Sie rufen nicht die Polizei?«

»Ich war auf Arbeit, bin eben erst rein.«

»So, so. Es ist schon recht spät.«

»Ja, so ist das manchmal ...«

»Was glauben Sie, wollten der oder die Einbrecher von Ihnen?«

»Keine Ahnung. Irgendwas. Wertsachen, Geld ...«

»Fehlt etwas?«

»Nein ...«

»Das können Sie so einfach sagen, haben Sie schon so genau nachgesehen?«

»Äh nein, also genau, das mein ich, ich hab noch nicht geguckt, aber so auf den ersten Blick ... Woll'n Sie vielleicht auch 'n Kaffee?«

Kock: »Hm, kann es vielleicht sein, dass Sie doch eher auf der Suche nach Ihnen waren?«

»Wieso nach mir?«

Prockner macht einen Schrank auf und holt zwei Tassen heraus.

»Haben Sie eine Waffe?«

»Was, nein! Ich war acht Jahre bei der Armee, danach habe ich keine Waffe mehr angefasst.«

»In Ihrer Wohnung wurde geschossen. Es sieht einfach so aus, dass die oder der Einbrecher nicht nach *etwas*, sondern nach *jemand* gesucht haben, und da Schüsse gefallen sind, glaube ich, dass sie auch gefunden haben, wonach sie suchten, und da sie es in Ihrer Wohnung gefunden haben, denke ich, dass *Sie* auch derjenige sind.«

Prockner hat Wasser aufgesetzt und Kaffeepulver in die Tassen gelöffelt. Er bewegt sich etwas umständlich, um wegen der Pistole in seinem Gürtel, Kock nicht den Rücken zuzukehren.

Kock: »Und ich frage mich natürlich, was die von Ihnen wollten.«

»Vielleicht eine Verwechslung?«

»Möglich ... Mit der selben Waffe wurde gestern ein Mann niedergeschossen und in der gleichen Nacht eine Frau ermordet. Was der oder diejenigen auch immer hier wollten, das waren keine kleinen Einbrecher.«

»Was denn für eine Frau ermordet?«

»Veronica Bartolli. Hier.«

Er zeigt Prockner ein Foto. Es ist die Frau von dem Bild aus der Brieftasche.

Prockner blickt auf das Foto und erschrickt.

»Kennen Sie die Frau?«

Prockner schüttelt den Kopf, murmelt:

»Veronica Bartolli, ... nein, nein.«

»Na ja, warum auch immer, Sie stecken, glaub' ich, in größeren Schwierigkeiten, als Sie sich auch nur annähernd ausmalen können.«

Prockner: »Bestimmt ein Missverständnis.«

»Wie Sie meinen! Ich persönlich würde auch nicht aus einem Missverständnis heraus ums Leben kommen wollen. Wenn Ihnen doch noch etwas einfällt, rufen Sie mich an. Und danke, ich trinke so spät keinen Kaffee. Kann danach nicht so gut schlafen. Hoffentlich können sie gut schlafen.«

Kock öffnet die Wohnungstür.

»Keine Sorge.«

»Gute Nacht.«

Kock steigt unten auf dem Parkplatz in den Wagen seines Assistenten Tahler.

»Behalten Sie ihn im Auge. Er versucht mit uns ein kleines Katz-und-Maus-Spiel. Wir spielen mit. Und wenn er umgelegt wird, will ich wissen von wem!«

Tahler: »Und wenn nicht?«

Kock schüttel mit dem Kopf, was soviel heißen soll, wie: ,Keine Sorge, er wird umgelegt.'

»Gute Nacht.«

Kock steigt wieder aus.

Prockner packt einige Sachen in eine Tasche. Er verlässt die Wohnung. Auf dem Parkplatz nimmt er Livias Audi und fährt los. Tahler folgt ihm.

12

Prockner und Livia lümmeln im Hotelzimmer auf dem Bett herum. Er hat den Kugelschreiber in der Hand. Auf einem Sessel steht die kleine Reisetasche, die Prockner aus der Wohnung mitgebracht hat.

Livia: »Martin, lass uns zur Polizei gehen!«

»Ich hab schon mit der Polizei geredet.«

Livia blickt fragend, erstaunt.

»Ein Kommissar hat uns gerade einen Besuch abgestattet.«

»Und?«

»Was und?«

Die wissen, dass der Kerl erst den Typen auf der Straße und dann diese Veronica abgeknallt hat.«

»Was?!«

»Ich denke wir sollten ein paar Tage abwarten, die werden ihn dann schon schnappen.«

Livia schweigt eine Weile. Sie überlegt und sagt schließlich:

»Du hättest sie warnen können. Stimmt's?«

»Wen, warnen?«

»Diese Veronica.«

»Hab ich ja versucht.«

Die Situation ist unangenehm. Prockner spielt mit den Steinen. »Ich hab keine Ahnung, aber die sehen unglaublich teuer aus!«

»Die kannst du doch gar nicht verkaufen.«

»Na ja, wird schwierig werden, sicher, irgendwer vermisst die Dinger.«

Livia: »Ja, wie wir wissen!«

Prockner überhört die Spitze, steckt die Steine einen nach dem anderen zurück in den Kugelschreiber.

»Wir werden erst mal 'n bisschen Zeit vergehen lassen.«

Und mit gespielter Lehrerhaftigkeit:

»Diamanten sind eine langfristige Geldanlage ... hab ich gelesen.«

»Diamanten?«

»Na denkst du das sind Glassteine, dafür wurde immerhin jemand umgebracht.«

»Genau, vielleicht solltest du darüber mal nachdenken!«

Prockner streichelt Livia.

»Mensch Schätzchen, es ist aber wirklich nicht leicht, dir mal 'ne Freude zu machen.«

Sie springt vom Bett auf. Dabei fallen einige der Steine vom Bett auf den Boden.

»Doch das ist ganz leicht: Halt einfach die Klappe!«

Prockner fährt sie an: »Man, sei doch nicht immer so trampelig!«

Er sammelt die Steine auf. Er merkt, dass er sich im Ton vergriffen hat: »'tschuldige ...«

Er steht auf, kramt in seiner Tasche.

»Guck mal ...«

Er winkt mit einer Zahnbürste. Bei Livia entsteht keine gute Laune.«

Prockner: »Und hier ...«

Prockner zieht einen vielversprechenden Slip aus der Tasche.

Livia will Klartext reden.

»Martin, wir haben kein zu Hause mehr, ist dir das eigentlich klar? Willst du ab jetzt in diesem Zimmer hier wohnen?

Wenn er dich einmal aufgespürt hat, wird er es wieder schaffen. Ich meine, der war in unserer Wohnung, da kann er alles mögliche finden, Adressen von was weiß ich wem alles, wo wir arbeiten ... Wir können uns praktisch nirgendwo hin bewegen, weil er uns überall finden kann.«

»Dann hau'n wir einfach ab, weg, irgendwo hin ... Ausland ...«

»Mit den Taschen voller Geld in Südamerika unter falschem Namen ein neues Leben anfangen? Das gibt's doch nur im Film!«

»Ist doch nur für ein paar Tage, oder 'ne Woche.«

»Ich hab'n Job, du auch!«

»Jetzt ist erst mal Wochenende.«

»Toll!«

»Mensch, das ist wie ein Lottogewinn. Für das Geld kannst du noch zehn Jahre BH's an dicke Muttis verkaufen.«

Livia: »Mir macht meine Arbeit Spaß!«

»Mir auch, aber was ist denn gegen ein bisschen Unabhängigkeit zu sagen?«

»Was ist denn das für 'ne Unabhängigkeit, wenn wir uns deswegen verstecken müssen?!«

»Ja, Scheiße du hast Recht, ich hätte ihn umlegen sollen!«

»Sag mal spinnst Du?!«

»Was denn? Das ist ein Killer! Das ist sozusagen sein Berufsrisiko.«

Livia fängt an zu weinen.

»Martin, ich hab Angst!«

Prockner fällt erst mal nichts mehr ein.

»Woher weißt du denn, dass er uns nicht hinterher gefahren ist und mitten in der Nacht plötzlich hier in der Tür steht?«

Prockner sagt nichts und dann leise und nicht sehr sicher: »Uns ist niemand gefolgt.«

Er überlegt.

Vor dem Hotel im Auto sitzt Assistent Tahler, gähnt. Im Hintergrund der silbergraue Audi.

Nachts. Es regnet. Prockner kann nicht schlafen, tritt langsam ans Fenster und sieht hinaus. Aus dem Dunkeln Livias Stimme: »Warum hast du mir nicht die Wahrheit gesagt?«

Schweigen.

»Warum hast du mir nicht gleich erzählt, was in der Nacht passiert ist?«

»Ich wollte dich nicht beunruhigen.«

Er schaut weiter den Regentropfen zu, die sich an der Fensterscheibe perlen.

Livia: »Komm her!«

Prockner legt sich zu ihr ins Bett. Livia zieht ihn an sich, küsst ihn lang und innig. Er beugt sich über sie.

13

Prockner macht ein paar kräftige Züge und kommt am Rand des Schwimmbeckens an.

Livia hockt in einen Bademantel gehüllt an der Kante, nur die Füße im Wasser.

»Komm mit rein!«

»Ich hab doch gesagt, ich schwimme nicht ohne Badeanzug.«

Prockner schwingt sich aus dem Becken. Er ist nackt. Livia steht auf. Sie nimmt an, dass Prockner fertig ist mit schwimmen. Doch der streift ihren Bademantel ab. Livia versucht sich zu wehren und im Gerangel wirft sich Prockner mit ihr ins Wasser. Nun scheint es ihr nicht unangenehm zu sein. Sie schwimmen zusammen. Livia schwimmt ihm im Freistil den Rang ab. Nach ihrer Wende steuert er ihr entgegen. Sie versuchen sich gegenseitig unterzutauchen. Dann küssen sie sich. Sie schwimmen zum Beckenrand. Livia will sich aus dem Wasser stemmen. Prockner hält sie an der Hüfte fest und zieht sie zurück. Er presst sie gegen den Beckenrand, greift nach ihrer Brust und küsst sie in den Nacken. »Na, los komm!«, sagt sie und greift nach hinten zwischen seine Beine. »Oder traust du dich hier nicht?« Schließlich vögeln sie im Wasser.

Prockner auf dem Balkon des Hotelzimmers, schaltet sein Telefon ein, wählt.

»Du, ich bin heute nicht im Büro.

... kannst mich ja anrufen.

... Okay, bis dann.«

Legt auf. Geht hinein. Livia ist noch im Bad. Der Föhn dröhnt heraus. Prockner spielt mit dem Kugelschreiber und ruft: »Ich hab Hunger!«

Livia gut gelaunt aus dem Bad: »Sekunde.«

Eine Katze schaut sich um und läuft zu einem Fressnapf. Eine Hand schüttet Trockenfutter aus einer Pappschachtel in die Schale.

Ein Signalton ist zu hören.

Die Hand streichelt kurz die Katze und der Mann zu dem die Hand gehört läuft durch den Raum zu einem Tisch. Die andere Hand hängt in einer Armschlinge. Es ist Menges.

Die Wohnung sieht gut, kühl und teuer aus.

Ein Laptopbildschirm zeigt: ‚Phone number found'.

Menges drückt ein paar Tasten.

Eine Karte erscheint und zoomt auf einen Ort außerhalb der Stadt.

Menges Limousine kommt aus der Garagenausfahrt und fährt weg. Selbständig schließt das Tor.

Das Frühstücksbuffet ist wirklich beeindruckend. Vor allem ist es bis 12.00 Uhr verfügbar.

»Ein sympathischer Zug für die beständig unterdrückte Community der Spätaufsteher«, meint Prockner. »So schön haben wir lange nicht mehr gefrühstückt.«

»Ich hab irgendwie keinen Appetit.«

»Schatz, entspann dich. Es wir alles gut. Glaub mir.«

An der Rezeption des Hotels, eine junge, auf den zweiten Blick ganz hübsche, etwas schüchterne Hotelangestellte.

»Ja bitte?«

»Ist eine Nachricht für mich da? Prockner.«

Angestellte : »Moment ich seh' mal nach ... Nein Mr. Prockner, tut mir leid.«

Sie strahlt ihn an. Es ist aber nicht Prockner. Es ist Menges.

»Muss ihnen nicht leid tun.« erwidert der. »Kann ich meinen Schlüssel haben?«

Die Angestellte schaut auf das Schlüsselbrett.

»Den müssten sie haben, ist nicht da.«

»Ah, vielleicht meine Freundin ... lacht mit gespielter Verlegenheit. Ähm, wie war noch mal die Zimmernummer ... ich kann mir Namen merken aber keine Zahlen ...«

»518.«

»Danke. Mrs ...?«

»Fischer.«

»Fischer, sehr schön! Ich finde Hotels sollten endlich mal auf die Idee kommen, Doppelschlüssel für Paare auszugeben ...«

Hotelangestellte mit ebenso gespieltem Verständnis:
»Ja, da haben Sie recht ...«

Menges wählt mit seinem Handy eine Nummer. Im Zimmer 518 klingelt das Telefon. Klingelt, klingelt und klingelt.

Mit einem metallisch knackendem Geräusch geht die Tür auf. Menges tritt ein. Er sieht sich kurz um. Er durchsucht den Kleiderschrank, die Nachtschränke ...

Prockner und Livia verlassen den Frühstückstisch. Sie sind in der Lobby am Fahrstuhl angelangt.

Prockner: »Ich hol' schnell noch die Tasche, dann können wir los.«

Livia: »Ich geh' schon mal zum Auto, ich hatte ja kein Gepäck.«

Prockner gibt ihr die Aktentasche und die Autoschlüssel.

»Hier, fahr nicht ohne mich weg, Liebes!«
Prockner steigt in den Lift.

Menges fischt die Pistole aus Prockners Tasche und wirft sie aufs Bett. Weiter findet er nichts interessantes. Der Schlüssel wird ins Schloss gesteckt. Menges fährt herum, stellt sich hinter die Tür. Die Tür geht auf, eine kleine Frau im Kittel lugt herein. Sie sieht sich um, erblickt die Pistole auf dem Bett, erstarrt kurz.

»Entschuldigung!«

Sie macht die Tür wieder zu und hängt das Schild *Bitte nicht stören* an die Klinke.

Prockner kommt aus dem Lift, fummelt den Schlüssel aus der Tasche, geht den Flur entlang. An der Tür angekommen will er ihn ins Schloss stecken. Sein Blick landet auf dem *Bitte nicht stören*. Er zögert. Das Schild hatte er doch nicht an die Tür gehängt, versucht er sich zu erinnern. Er hört ein Geräusch aus dem Zimmer.

Menges steckt die Pistolen ein, geht zur Tür und lauscht kurz. Er legt die Hand auf die Klinke.

Prockner starrt auf das Türschloss, er hört, wie von innen die Klinke heruntergedrückt wird. In einer Sekunde wird die Tür offen sein. Prockner dreht sich blitzschnell um, stellt sich vor die gegenüberliegenden Tür und steckt seinen Schlüssel in das Schloss.

Menges öffnet die Zimmertür einen Spalt und lugt hinaus.

Prockner wackelt ein bisschen mit dem Schlüssel herum, zieht ihn mit einem kräftigen Geräusch ab und geht in Richtung Aufzug.

Menges tritt in den Flur, geht ebenfalls zum Aufzug. Beide Männer gehen nur einige Schritte von einander entfernt den Gang entlang. Menges schließt auf. Als Prockner den Vorraum zum Aufzug erreicht, ist Menges fast auf seiner Höhe. Aus dem Augenwinkel nimmt Prockner den seltsam angewinkelten Arm von Menges war. Die Tür des Fahrstuhls hat sich gerade geschlossen. Prockner drückt auf den Knopf und wartet.

Menges will nicht warten und geht hinter Prockner vorbei ins Treppenhaus.

Prockner atmet auf. Nach einigen Sekunden öffnet sich die Fahrstuhltür und Prockner fährt hinunter in die Tiefgarage.

Menges ist im Erdgeschoss an der Tür zur Lobby angelangt. Auf der Wand im Treppenhaus ist ein Hinweisschild mit einem Pfeil zur Tiefgarage. Menges öffnet die Tür und will in die Lobby gehen.

Drei Schritte später zögert er, überlegt. Wendet sich um und geht wieder ins Treppenhaus und folgt dem Pfeil.

Prockner kommt zu seinem Auto. Livia lehnt an der Motorhaube. Er öffnet die hintere Tür und legt seine Jacke auf die Rückbank.

Prockner: »Komm Schatz, steig ein.«

Livia: »Martin, ich hab auch nachgedacht.«

Prockner zögert kurz.

»Fein Schatz, erzähl's mir auf der Fahrt.«

Prockner macht die Fahrertür auf.

»Ich habe darüber nachgedacht, was du vorhin gesagt hast, dass ich nicht ohne dich wegfahren soll.«

Prockner bleibt neben dem Auto stehen.

»Komm, lass uns fahren.«

Livia: »Wohin denn?! Wohin sollen wir fahren?

Und warum soll ich zu dir ins Auto steigen? - ich hab ein eigenes Auto.«

Prockner überrascht von der Fragerei und sichtlich genervt. »Wenn du nicht diskutieren kannst, bist du auch nicht glücklich wie?«

»Na bitte, ich geh dir doch scheinbar nur auf die Nerven, also sag mir, warum soll ich mit dir mitfahren?«

Prockner versucht zu beschwichtigen.

»Weil du mich liebst.«

»Aha, und nicht weil *du mich* liebst?«

»Natürlich liebe ich dich. Livia, bitte, was soll das jetzt.«

Er setzt sich ans Steuer.

»Komm, steig ein, bitte.«

Sie folgt der Aufforderung. Er gibt Gas.

Menges dreht sich um und sieht Prockners Kleinbus zur Ausfahrt fahren. Er rennt los.

Prockner steht mit seinem Auto an der Schranke.

Prockner: »Hast du die Karte?«

Livia kramt eine Weile in ihrer Tasche.

»Hier!«

Prockner steckt die Karte in den Schlitz. Die Schranke öffnet sich nicht. Die Karte kommt wieder raus. Er steckt sie anders herum rein. Die Schranke öffnet sich.

Menges kommt viel zu spät.

Tahler an einer Imbissbude gegenüber dem Hotelparkplatz, auf dem der silberne Audi steht. Er telefoniert und gleichzeitig isst er eine Currywurst.

»Nein Chef, hier rührt sich nichts, sie sind immer noch drin.«

14

Prockner und Livia fahren über die Stadtautobahn. Sie kommen durch einen Tunnel. Prockner schaltet die Scheinwerfer ein, Markierungslichter blitzen vorbei. Die Straße ist stark befahren.

Prockner ist etwas nervös und schaut immer wieder in den Rückspiegel.

»Alles in Ordnung?«, fragt Livia.

»Hm.«

Livia folgt seinem Blick sieht auch nach hinten.

»Wo ist denn deine Tasche? Du wolltest doch deine Tasche holen?«

Prockner schweigt.

Livia: »Er war da! Er war da, stimmt's?«

Prockner schüttelt hilflos den Kopf.

Livia: »Aber es ist *alles in Ordnung* ja?«

»Livia ...«

»Martin, halt an! Ich steig' aus.«

Prockner würdigt die Idee mit einem entsprechenden Blick.

Das Auto rast durch den Tunnel.

Menges hat es sich im Hotelzimmer von Prockner und Livia bequem gemacht. Er baut seinen Laptop auf dem kleinen Schreibtisch auf, zappt ein wenig im Fernsehen herum. Seine Schulter schmerzt.

Er geht ins Bad und schluckt eine Tablette.

Prockners Auto steht auf einem Parkplatz. Livia steigt aus und geht einige Schritte vom Auto weg. Prockner steigt auch aus und läuft ihr hinterher.

»Beruhige dich!«

»Ich soll mich beruhigen? Merkst du eigentlich was los ist? Wie schmieden super tolle Pläne wie wir uns verstecken, während der Typ drei Stockwerke höher unser Zimmer durchwühlt.«

»Fünf.«

»Was?«

»Fünf Stockwerke. Unser Zimmer war im fünften Stock.«

Livia blitzt Prockner wütend an.

»Wann wolltest du mir das eigentlich erzählen? Gar nicht, hab ich recht?«

Prockner gereizt: »Genau, um mir dieses Theater hier zu ersparen.«

»Theater?! Du hast uns doch in diese Scheiße rein geritten!«

Livia holt tief Luft.

Prockner: »Ich weiß was wir jetzt machen, wir fahren zum Flughafen, fliegen nach Madrid. Du rufst deine Schwester an, bei ihr können wir bestimmt ein paar Tage bleiben. Nein, nicht nach Madrid, irgendwo hin, wo uns niemand kennt. Von da aus verständigen wir die Polizei. Die bringen ihn hinter Schloss und Riegel und dann können wir wieder zurück.«

»Was willst du denen denn sagen? ,Ein böser Mann mit 'ner Pistole ist hinter uns her' ?«

»Ruf ihn an! Ruf ihn an, und sag ihm, er kriegt das Geld und die Diamanten. Dann wird er uns in Ruhe lassen.«

»Das ist nicht dein Ernst?«

»Doch, das ist mein Ernst. Ich fahre keinen Meter mehr mit dir.«

»Livia ...«

»Martin, es ist okay einen Fehler zu machen, aber es ist nicht mehr okay, wenn man daraus nichts lernt. Ich fand es nicht besonders toll von dir, dass du das Geld aus dem Auto genommen hast, aber gut, ich kann es irgendwie verstehen. Aber jetzt haben sich die Dinge etwas verändert. Wir haben es mit jemandem zu tun, der bereit ist dafür zu töten. Kapierst du das nicht?«

Prockner schaltet sein Handy ein, geht die Anrufliste durch und wählt eine Nummer.

Menges am Telefon: »Schön, dass du vernünftig geworden bist.«

Prockner: »Was habe ich für Sicherheiten?«

»Sicherheiten?«

»Wenn sie das Zeug haben, dass Sie mich nicht trotzdem umlegen?«

»Ich bin nicht daran interessiert jemanden umzulegen. Bring mir das Geld, die Steine und den Koffer und die Sache ist erledigt.«

Prockner erstaunt: »Den Koffer? Was für einen Koffer?«

Menges: »Na den Koffer!«

»Ich habe keinen Koffer.«

»Wenn du das Geld und die Diamanten hast, dann hast du auch den Koffer. Versuch' nicht, mich zu verarschen.« Er legt auf.

Prockner steht ratlos da, das Telefon in der Hand.

Menges zieht den Laptop zu sich rüber. Ein blinkender Punkt auf einer Karte ist zu sehen.

Prockner zu Livia: »Ich weiß nicht, was er meint, da war kein Koffer!«

»Was war denn da drin?«

»Woher soll ich denn das wissen?«

»Was auch immer es ist, es kann doch nicht wichtiger sein als unser Leben. Martin, gib ihm den Koffer!«

Prockner schreit: »Ich habe keinen Koffer!«

Menges packt seine Sachen zusammen. Steigt in seine Limousine und fährt aus der Garage.

Prockner und Livia fahren wieder. Beide schweigen. Nach einer Weile.

Livia: »Er wird uns nicht in Ruhe lassen. Und irgendwann wird er uns finden.«

»Ja, schade, dass ich ihn nicht richtig getroffen habe.«

»Sag mal, das meinst du jetzt ernst, ja? Du könntest wirklich einen Menschen erschießen?«

»Natürlich nicht! Aber für *dich* würde ich es tun. Aber du hast ja nichts weiter zu tun, als mir jedes Wort im Mund herum zu drehen. Du musst das im Zusammenhang sehen: bevor er uns was tut, ist es doch besser, er wäre gar nicht mehr in der Lage dazu. Außerdem ist er ein Mörder. Man würde dem Steuerzahler jede Menge Geld ersparen.

Aber es ist nun mal wie es ist: ich habe ihn ja nicht erschossen.«

Prockner macht eine Pause und dann:

»Wir sollten mal überlegen, wo er uns als nächstes suchen würde.«

»Ich finde es interessanter zu überlegen, wo er uns nicht suchen wird!«

»Wir müssen ihm einfach einen Schritt voraus sein.« Prockner denkt laut: »Versetzt dich in seine Lage, was würdest du jetzt unternehmen?«

Livia reicht es schon wieder.

»Weiß nicht, ich bin darin auch weder so geübt, noch habe ich so viel Spaß daran wie du.«

»Livia, es hat keinen Sinn. Es hat keinen Sinn immer weiter wegzulaufen. Du hast recht, dass er uns überall finden kann, und die Polizei kann uns nicht rund um die Uhr beschützen. Aber die Tatsache, dass er uns finden wird ist gleichzeitig unsere Chance!«

»Wie meinst du das?«

»Vielleicht können wir ihn irgendwo hinlocken.«

Menges Auto fährt über die Autobahn. Den Laptop auf dem Beifahrersitz. Ein Punkt wandert auf der Karte.

Prockner mehr zu sich: »Möchte bloß wissen wie er unser Hotel gefunden hat?«

»Na vielleicht ist er dir gestern gefolgt, als du nochmal in der Wohnung warst.«

»Nein.«

»Wieso nein?«

»Na dann hätte er wohl nicht bis zum Morgen gewartet.«

Prockner sieht im Rückspiegel ein Auto, dass ihn nervös macht. Livia registriert seinen Blick und ist ebenfalls verunsichert.

»Vielleicht hat er alle Hotels angerufen und nach *Prockner* gefragt.«

»Quatsch, ist doch viel zu aufwendig, hast du 'ne Ahnung wieviele Hotels es gibt?«

»Er hat ja auch die ganze Nacht Zeit gehabt.«

Prockner überhört den Spott.

»Nein, das glaub ich nicht, aber ich weiß auch nicht wie ...«

Nach einer Weile kommt ihm plötzlich ein Gedanke: »Das Telefon.«

»Was?«

»Er kann vielleicht irgendwie mein Telefon orten.«

Er kramt aus einer Tasche sein Handy hervor und macht es aus. Prockner fährt weiter und bekommt plötzlich so etwas wie gute Laune.

»Das ist ja prima!«

»Was?«

»Ich hab doch gesagt, dass wir ihn irgendwo hinlocken müssten und ich hab mich die ganze Zeit gefragt wie.«

»Ja und?«

»Na ganz einfach: überleg doch mal, er verfolgt uns über mein Telefon. Wo immer wir auch sind, wird er nach einiger Zeit auch auftauchen. Das heißt, wir bestimmen den Ort, wo er früher oder später auch hinkommt. Und dort, werde ich ihn erwarten.«

»Und was dann?«

»Dann wird die Sache erledigt.«

»Wie, erledigt?«

»Na *er*, er wird erledigt!«

»Du kannst doch nicht einfach jemanden umbringen ..., auch wenn es zehnmal ein Killer ist. Du bist wahnsinnig.«

Nach einer kleinen Pause.

»Fahr mich bitte zum Flughafen!«

Menges dreht am Autoradio. Schaut kurz zum Laptop auf dem Beifahrersitz. Der Punkt auf der Karte ist verschwunden.

»Scheiße!«

Menges fährt auf den Seitenstreifen. Tippt etwas in den Rechner. Schaltet damit das Programm auf die andere Nummer. Computerbildschirm mit einer Meldung: ‚Can not localize phone number'.

Ärgerliches Gesicht von Menges. Er schaltet noch einmal zurück: Keine Veränderung.

Prockner parkt vor dem Flughafengebäude.

»Martin komm bitte mit!«

»Wir haben das doch besprochen ... Livia, ich werd' das jetzt durchziehen, es wird funktionieren. Wenn du willst, fahr zu deiner Schwester ich komme in ein, spätestens zwei Tagen nach.«

»Ich habe Angst.«

»Du könntest mir ein bisschen mehr vertrauen.«

»Nein, das kann ich eben nicht. Ich würde es gerne. Aber du hast in den letzten zwei Tagen zu oft nicht die Wahrheit gesagt.«

Prockner ist enttäuscht.

»Ich will noch ein paar Sachen besorgen, ich muss mich beeilen«, sagt er.

Er fährt los, ohne sich noch einmal umzusehen. Livias Blick folgt lange dem Auto.

15

Prockner fährt über die Autobahn. Nimmt die nördliche Ausfahrt in die Stadt.

Livia kauft am Schalter ein Flugticket nach Barcelona.
Angestellter: »Check In in ca. 45 Minuten.«
»Danke.«
Sie läuft ein bisschen zwischen den Geschäften herum.
Anzeigetafel Abflüge: *Barcelona delayed*.
Sie schaut in die Läden. Betrachtet die Auslagen in einem Juweliergeschäft. Sie kommt an einem Telefonladen vorbei und geht hinein.
»Kann ich ihnen helfen?«
Livia holt ihr Handy aus der Tasche.
»Haben sie dafür ein Ladekabel? Mein Akku ist alle.«
»Aber sie haben dafür ein Ladegerät?«
»Ja, aber nicht dabei.«
Verkäufer: »Ich kann ihnen natürlich eins verkaufen, aber wenn sie wollen, kann ich es auch hier rann stecken, sie gehen noch eine Runde und kommen in einer halben Stunde wieder vorbei?«
Livia: »Das ist sehr nett von ihnen.«

In einem Trödelladen sind Regale voller Geschirr, Besteck, Bücher, Zeitschriften, alter Haushaltsgegenstände, Ramsch. Prockner stöbert herum.
Verkäufer: »Suchen Sie was bestimmtes?«
Prockner: »Ja.«
Verkäufer: »Was denn?«
Prockner kommt zum Tresen, ein altmodisches Telefon in der Hand.
»Das hier. Wieviel?«
Verkäufer: »Achtzig?«

»Funktioniert das noch?«

»Sind ziemlich unverwüstlich die Dinger.«

Prockner gibt einen Fünfziger.

»Stimmt so.«

Verkäufer guckt fragend.

Prockner: »Na, wenn sie nicht genau wissen ob's funktioniert?«

Verkäufer geht darauf ein, nimmt das Geld.

»Haben Sie so was wie ein Fernglas? Einen Feldstecher oder so?«

»Moment.«

Der Verkäufer verschwindet kurz. Kommt zurück und hält Prockner ein Opernglas hin.

»So was vielleicht?«, fragt er.

»Ja, passt schon. Macht?«

»Also, das ist so Perlmutt ...«

»Und?«

»Fünfunddreißig?«

Prockner legt noch einen Fünfziger auf den Tresen.

»Stimmt so.«

Prockner streift durch die Fußgängerzone, schaut umher. Schließlich findet er, was er sucht.

Er betritt den Laden.

Der Verkäufer öffnet die Verpackung eines Babyphones.

»Ist sozusagen *kinderleicht* die Bedienung.«

Er lacht über seinen Wortwitz.

»Hier der Sender - kommt ins Kinderzimmer, hier der Empfänger - auf die Party.«

Ergänzt verschwörerisch: »Aber aufpassen - nicht vertauschen!«

Er lacht wieder.

»Batterien?«

»Alles dabei!«

Prockner: »Geben sie mir frische!«

»Sie können auch Akkus benutzen und nehmen noch ein Ladegerät dazu ...«

»Nur einmal frische Batterien!«

Landstraße. Prockner im Auto. Er hört Radio. Er fährt durch den Kreisverkehr. Vorbei an der Stelle, wo alles begann. Er verlangsamt das Tempo. Schaut aus dem Fenster. Die Erinnerungen an eben diese Nacht kommen zurück. Wie in Zeitlupe zieht der Straßenrand durch das Blickfeld. Prockner gibt Gas und fährt weiter in Richtung Industriegebiet.

Er hält an der Straße, betritt das Firmengelände und geht zum Bürocontainer.

Livia kommt aus dem Telefonladen. Die Anzeigetafel gibt den Check In bekannt. Sie eilt zu den Schaltern und stellt sich in die Schlange. Sie ist nervös, kramt in ihrer Tasche nach dem Ticket und ihrem Ausweis. Vor ihr ist nur noch eine Frau.

Schalterangestellte: »Ihr Ticket und ihren Ausweis bitte.« Livia überlegt eine Sekunde und geht weg vom Schalter und setzt sich in einen Wartesessel. Sie nimmt ihr Handy schaltet es ein und wählt. Es geht nur die Mailbox ran.

Livia: »Martin, wenn du die Nachricht abhörst ...«

Auf dem Schreibtisch im Bürocontainer steht ein modernes Telefon und ein Fax. Prockner folgt dem Kabel und kriecht unter ein Regal. Dort ist eine Plastikbox. Daran sind drei Buchsen zu erkennen die mit *Tel_1*, *Tel_2* und *Fax* beschriftet sind. Prockner zieht das Kabel aus Tel_1.

Anstelle dessen stöpselt er das Kabel seiner Errungenschaft aus dem Trödelladen rein, das alte Telefon.

Er schraubt es auf und knipst mit einem Seitenschneider ein kleines elektronisches Bauteil ab. Er nimmt sein Handy, es ist noch ausgeschaltet. Er zögert, greift stattdessen zum Fax und wählt. Das alte Telefon klingelt. In einer konventionellen Klingel wird der Klöppel durch einen Elektromagneten bewegt, der sich periodisch ein- und ausschaltet. Durch die sogenannte Selbstinduktion werden dadurch Spannungen von einigen hundert bis tausend Volt erzeugt, die an den Kontakten des Unterbrechers Funken entstehen lassen. Prockner stochert mit dem Schraubenzieher daran herum; die Funken werden etwas größer.

Er stellt das Telefon unter den Tisch.

Jetzt schaltet er das Babyphone ein und legt es auf ein Regal neben der Tür.

Er geht ins Freie. Aus einem Stahlcontainer holt er mit einer Sackkarre eine Metalldruckflasche.

Er schleppt sie ins Büro, stellt sie hinter einen Aktenschrank und öffnet den Verschluss. Gas strömt aus. Er verlässt den Container, klinkt die Tür aber nur ein.

Prockner hat auf einem Sandweg geparkt, etwas oberhalb des Baustellengeländes. Von hier aus hat er den Bürocontainer gut im Blick, ist aber selber von seinem Standpunkt aus, hinter den Büschen und unter den Bäumen kaum zu sehen. Er nimmt sein Handy und schaltet es ein.

»So, mein Freund.«

Es piepst und der Computerbildschirm zeigt eine Message: ‚*Phone number found*'

Die Katze schaut auf den Bildschirm. Menges kommt ins Zimmer, nur ein Handtuch um die Hüfte gewickelt. Er hat den Verband an seinem Arm erneuert, offensichtlich hat er Schmerzen. Er setzt sich aufs Bett, die Katze rückt widerwillig beiseite. Menges schaut auf den Computer. Der Monitor zeigt die Karte. Menges zoomt heran.

Prockner sitzt im Auto und raucht. Im Bürocontainer hat er das Licht brennen lassen.

Ein Geräusch aus dem Babyphone. Er nimmt das Fernglas und sieht hinüber - nichts.

Babygeschrei, offenbar ist ein anderes Babyphone auf der gleichen Frequenz in der Nähe in Betrieb. Prockner verleiert die Augen und dreht das Ding ein bisschen leiser. Zündet sich eine neue Zigarette an.

Er schaut auf sein Handy. Eine neue Nachricht. Er drückt sie weg, scrollt durch die Kontaktliste. Plötzlich fällt ihm etwas ein: Es ist zwar Wochenende, aber schließlich könnte trotzdem jemand im Büro anrufen - irgendein Kunde oder vielleicht die Polizei - und damit seine hübsche Sprengfalle völlig sinnlos auslösen.

Er springt aus dem Auto und rennt zum Bürocontainer. Er öffnet die Tür, ein Taschentuch vorm Mund. Schnell geht er durch das Büro. Krabbelt wieder unter das Regal und fummelt an den Kabeln herum. Es scheint ihm nicht richtig zu gelingen, was er vorhat. Er flucht. Es ist schon etwas düster, er kann schlecht sehen.

Reflexartig greift er nach dem Schalter einer Tischlampe, besinnt sich aber rechtzeitig - ein Funke könnte das Gas entzünden. Er hustet. Er fummelt seinen Autoschlüssel aus der Hosentasche. Ein kleines blaues Licht beleuchtet die Plastikbox. Prockner zieht das Kabel aus Tel 1 und steckt es in Tel 2. Diese Telefonnummer kennt praktisch niemand.

Am Kaffeeautomaten im Präsidium versucht Kommissar Kock mit einer Hand einen Cappuccino-Becher aus der Halterung zu angeln. Mit der anderen ist er am Telefon.

»Ja. Okay, wo ist das denn?«

Livias Stimme beschreibt den Ort von Prockners Baufirma: »Hinter dem Kreisverkehr, drei-vier Kilometer. Auf der rechten Seite, *Lenzer-Haus*.«

Kock balanciert den Kaffeebecher durch den Gang zu seinem Büro.

»Ja, Frau Sanchez, das haben Sie ganz richtig gemacht. Beruhigen Sie sich, setzen Sie sich in irgendein Café und bleiben Sie dort, ich schicke jemand, Sie abzuholen.«

Legt auf und zu sich selbst: »Oder ich komme am besten selbst.«

Nimmt den Hörer wieder auf, wählt.

»Tahler? ... wo stecken sie um Himmels Willen?«

Prockner sitzt wieder im Auto. Schlummert.

Im Fenster der Fahrertür erscheint ein Mann mit einer Schalldämpfer-Pistole, zielt auf ihn und drückt ab, zweimal.

Prockner erwacht. Ein Typ klopft an die Scheibe, lacht und sagt:

»Hey Mann, sind Sie zu Hause rausgeflogen, dass Sie hier im Auto pennen?«

Prockner kommt zu sich. Er lässt das Fenster herunter.

»Ach Sie, Herr Schleminger ... wie spät ist es?«

»Ja, ich wollt mir die Hütte noch mal anschauen. Ist ja toll dass Sie hier sind, da können wir ja nochmal reingehen.«

»Äh, was?«

»Das Haus, ich würde es mir nochmal ansehen. So die Atmosphäre ... Sie wissen schon.«

»Das geht jetzt nicht.«

»Wie, geht nicht?«

»Es ist einfach ungünstig, Sie hätten vorher anrufen sollen.«

»Ich wollte Sie ja gar nicht anrufen. Aber wenn Sie schon mal hier sind, können wir doch rasch mal reingehen ...«

»Wie gesagt, es ist ungünstig ... ich hab die Schlüssel nicht.«

»Ach ... nicht in ihrem Büro?«

»Nein, äh, mein Chef hatte noch 'ne Besichtigung und hat sie wohl aus Versehen mitgenommen.«

»Na, da kann man nichts machen. Da gehen wir halt so nochmal ums Haus rum. Können ja durch die Fenster reinschauen...

Prockner laut: »Nein!«

Schleminger ist verschreckt.

Prockner: »Hauen Sie ab!«

»Na, Sie haben sie wohl nicht mehr alle. Ich werde mich mal mit ihren Chef unterhalten - wegen der Schlüssel und bei der Gelegenheit mit ihm darüber sprechen, wie Sie sich hier aufführen.«

Schleminger dampft ab. Prockner ist erleichtert und bringt sich wieder in Position. Sieht Schlemingers Auto nach.

Prockner döst. Von ihm unbemerkt betritt ein Mann das Baustellengelände. Prockner schaut hinüber zum Container - alles ruhig. Beim zweiten Blick zeichnet sich der Schatten eines Menschen im Fenster ab. Der hält eine Pistole in der Hand. Prockner ist schlagartig wach. Nimmt das Fernglas. Er sucht sein Handy drückt auf Wiederwahl. Wartet. Man hört dieses Tät Tat Tüt Töt Tüt, wenn die Nummer gewählt wird. Nichts passiert. Ihm fällt ein, dass das die falsche Nummer ist. Er hatte das

Kabel ja auf Leitung 2 gesteckt. Er legt auf und wählt hektisch die andere Nummer.

Der Mann im Büro löscht das Licht.

Prockner mit dem Telefon am Ohr. Tät Tat Tüt Töt Tüt. Endlich ein Rufton.

Im Bürocontainer, das Telefon klingelt. Der Mann, schon an der Tür dreht sich um. Das Telefon klingelt noch einmal. Der Mann steckt die Pistole ein, wendet sich zum gehen. Er zieht von außen die Tür zu. Sie klemmt etwas. Das Telefon klingelt. Er zieht die Tür mit einem Ruck zu. Der Container explodiert.

Kock im Wagen auf dem Weg zum Flughafen, telefoniert: »Wieso meldet sich Tahler nicht? ... Ja ... okay.«

Prockner läuft rüber zum Container. Drinnen brennt es. Die Tür ist heraus geflogen. Davor, der Mann liegt auf dem Boden. Blut läuft aus der Nase. Prockner stupst ihn mit dem Fuß an. Der Mann rührt sich nicht.

Triumphierend beugt er sich über ihn und schaut ihn sich an. Er greift unter seine Jacke, nimmt die Pistole aus dem Holster, steckt sie ein. Er durchsucht die Taschen des Mannes und findet einen Ausweis - einen Polizeiausweis. Es ist Tahler.

»Scheiße! Scheiße! Scheiße!«

Mit jedem Wort verwandelt sich die Erkenntnis, was er angerichtet hat in Wut und Verzweiflung. Mit den Fäusten trommelt er auf Tahler ein. Der scheint sich etwas zu bewegen. Prockner fühlt Tahlers Puls am Hals.

Er nimmt sein Handy, besinnt sich, wühlt nochmal in den Taschen von Tahler. Er findet dessen Telefon, wählt, wartet.

»Einen Rettungswagen, schnell!«

16

Kommissar Kock parkt auf dem Kurzzeitparkplatz vorm C-Terminal.

Livia kommt gerade aus der Toilette und hört die Lautsprecherdurchsage: »Frau Livia Sanchez bitte am Information Counter melden.« Sie sieht sich kurz um und läuft schnellen Schrittes zum Counter.

Livia: »Schön, dass sie so schnell kommen konnten.«
Der Mann den sie anspricht, ist aber nicht Kock, sondern Menges.
»Schneller als die Polizei erlaubt, was?«
»Ich bin so froh, dass Sie da sind.«
Menges lacht. Sie gehen durch die Halle zum Ausgang.

Kock ist nun auch am Informationsschalter angelangt und spricht mit jemandem dort. Er sieht sich suchend um.

Livia und Menges verlassen das Flughafengebäude. Menges deutet auf einen Wagen.
Livia: »Wusste gar nicht, dass die Polizei so heiße Schlitten fährt.«
»Tut sie auch nicht - ist mein eigener.«
Er lacht sie an.
Sie steigen ein. Menges macht die Türverriegelung zu. Livia leicht irritiert.
»Damit Sie unterwegs nicht rausfallen.«
Menges steuert den Wagen auf die Autobahnauffahrt.
»Wo fahren wir hin?«
»Tja, keine Ahnung ...«, erwidert Menges und lacht wieder: »Na entweder zu mir oder zu dir ...«

»Ich weiß nicht, ob ich solche Witze im Moment komisch finden kann. Haben sie Martin schon gefunden?«

Menges: »Nein ... dazu bedarf es wohl Ihrer besonderen Mithilfe.«

»Na ja, er ist bestimmt sauer.«

»Ja, das kann ich mir auch vorstellen.«

Pause.

Menges: »Wo hat er die Steine?«

»Bei sich denk ich - in dem Kuli ... aber ...«

Sie stutzt. Woher wusste der Kommissar von den Diamanten?

Livia blickt auf Menges eigenartig angewinkelten Arm. Sie erinnert sich an den Schusswechsel in der Wohnung. Sie versucht sich nichts anmerken zu lassen, aber ihre Stimme zittert.

»Könnten wir bei nächster Gelegenheit mal raus fahren, ich müsste mal ... für kleine Mädchen.«

Menges spielt mit: »Klar, aber komisch.«

»Was ist daran denn komisch?«

»Als ich Sie am Counter hab ausrufen lassen, sind Sie gerade von der Toilette gekommen ... das ist fünfzehn Minuten her.«

»Worauf Sie alles achten!«

»Sonst wäre ich wohl im falschen Beruf.«

Livia entschlossen: »Frauenprobleme, ich verblute gleich!«

»Hm, also doch nicht für kleine Mädchen ... «

Er grinst unverschämt.

Prockner fährt im Auto. Sein Telefon tönt aus der Freisprechanlage.

Telefonstimme: »... eine neue Nachricht.«

Livias Stimme: »Martin, wenn du die Nachricht abhörst, ruf mich bitte zurück. Ich glaube, du machst einen

Fehler. Ich halte das nicht aus, ich werd' die Polizei verständigen. Wenn ich dich nicht zur Vernunft bringen kann ... Sei bitte nicht böse.«

Prockner: »Blöde Kuh!«

An einer Ausfahrt verlässt Menges Wagen die Straße und hält auf einem einsamen Parkplatz. Livia will die Tür öffnen, aber sie ist ja zu. Menges öffnet die Verriegelung. Er zieht seine Pistole.

»Aussteigen! ... Na los 'n bisschen Bewegung ... Ruf deinen Freund an!«

Sie wählt.

An der Tankstelle von vorgestern Abend. Prockner steht an der Kasse, eine Flasche Wein und eine Schachtel Zigaretten auf der Theke.

Typ an der Kasse: »Alles?«

»Ja.«

»Zwölf fünfzig.«

Prockner zahlt. Sein Handy klingelt.

Livia hat das Telefon. Menges bedroht sie mit der Waffe.
»Martin?«

Prockner, die Weinflasche unter den Arm geklemmt, öffnet die Tür seines Autos, das Telefon am Ohr: »Das du dich überhaupt traust, mich noch anzurufen!«

Er steigt ein.

Livia: »Martin, ich ...«

Menges nimmt Livia das Telefon weg und legt es aufs Autodach. Er macht den Kofferraum auf.

»Rein da!«

»Nein, nicht, ich hab Platzangst.«

»Willst du mich verarschen? Rein da!«

Menges drängt Livia in den Kofferraum, macht die Klappe zu und nimmt das Telefon.

»Hast du gut zugehört? Morgen Mittag kannst du dir deine süße Freundin wieder abholen. Tot oder lebendig, hängt ganz davon ab, ob du die kleinen Glitzerdinger dabei hast. Und natürlich *den Koffer.*

Prockner hört zu.

Menges süßlich: »Und jetzt, werden wir es uns noch ein bisschen gemütlich machen.«

Die Verbindung wird unterbrochen. Prockner blickt stumm vor sich hin.

17

Kock im Krankenhaus am Bett von Tahler.

Tahler liegt in einem Zweibettzimmer, das andere Bett ist aber leer.

»Wie geht's ihnen?«

Keine Antwort.

»Was ist das für eine seltsame Welt, in der die Menschen Bürocontainer in die Luft sprengen?«

Pause.

»Da kann dieser Prockner sich aber bei Ihnen bedanken, die kleine Überraschung war ja sicherlich für ihn gedacht.«

Pause.

»Wo steckt der eigentlich, seine Freundin, die ist auch vom Flughafen verschwunden, obwohl ich ihr gesagt habe sie soll warten.«

Pause.

»Na ja, machen Sie's gut.«

Der Arzt kommt herein.

»Wie geht es ihm?« fragt Kock.

»Wird schon wieder, mehr der Schreck, übermorgen kann er vielleicht schon raus.«

»Schön. Auf Wiedersehen.«

Arzt deutet auf das Nachbarbett.

»Ach so, bringen Sie ihm ein paar Sachen mit, jemand hat seine Klamotten geklaut.«

Kock verlässt kopfschüttelnd das Zimmer.

»Was ist das für eine Zeit, wo sich Patienten gegenseitig die Sachen klauen.«

Prockner fährt über die Autobahn, ist müde und raucht. Er kommt in der Nähe vom Flughafen an, parkt das Auto und geht in ein Hotel.

Menges liegt auf dem Bett, neben sich zusammengerollt die Katze. Beide schauen Fußball. Livia, ebenfalls zusammengerollt im Kofferraum.

Prockner sitzt am Tresen der Bar und trink was. Spielt Pfennigfußball mit drei Diamanten.

18

Nächster Tag. In der Straße vor Menges Haus steht ein Auto. Das morgendliche Licht spiegelt sich auf dem regennassen Asphalt.

Das Tor der Garagenausfahrt öffnet sich. Der Mann im Auto lädt eine Pistole durch. Aus der Ausfahrt kommt Menges Limousine gefahren. Das andere Auto fährt gerdezu auf Menges' Wagen zu und rammt ihn. Dieser schleudert herum und prallt mit dem Heck gegen einen Betonpfeiler. Die Kofferraumklappe fliegt auf.

Der Mann im Auto springt heraus, reißt die Fahrertür der Limousine auf, und feuert drei Schüsse auf Menges. Er geht zurück zu seinem Wagen steigt ein und verschwindet.

Nach einer Weile kriecht Livia aus dem Kofferraum. Sie sieht sich um. Alles ruhig. Vorsichtig geht sie nach vorne. Die Fahrertür ist noch offen.

Menges leblos auf dem Fahrersitz.

Eine Weile schaut sie ihn sich an. Sie fasst sich ein Herz und durchsucht seine Jacke. Sie findet ihr Handy, nimmt es und geht.

Am Flughafen startet ein Flugzeug. Prockner liest auf der Anzeigetafel der Abflüge: *London 11:40 Uhr.*

Er geht zum Schalter von British Airways.

Angestellter: »Ja bitte?«

»London, die nächste Maschine.«

Das Ticket kommt aus dem Drucker.

Angestellter: »Sie können sofort einchecken.«

»Ja, danke.«

Blick auf die Uhr. Es ist 10:30 Uhr. Prockner schlendert durch die Halle, geht in einen Zeitungsladen und kauft eine Zeitschrift. Er schaltet sein Handy an und hört die Mailbox ab. Seine Mine verwandelt sich von verständnislosem Erstaunen in fassungslose Freude. Er legt auf und wählt Livias Nummer.

»Was, einfach erschossen? ... einfach so erschossen?«

Prockner lacht wie ein Verrückter.

»Wo bist du? ... ich hol dich ab.«

Er legt auf.

19

Im Büro der Zulassungsstelle. Eine Sachbearbeiterin schaut in einen Computer. Ein Typ steht am Tresen.

»Wissen sie, ich hab auf dem Supermarkt-Parkplatz einen ganz hübschen Kratzer in seinen Sportwagen gemacht, von meinem Wagen mal gar nicht zu reden. Ich hab versprochen mich zu melden, aber die Telefonnummer die er mir gegeben hat, scheint nicht zu stimmen. Man weiß ja nicht, wie sich so was noch entwickelt, um allem Ärger aus dem Weg zu gehen dachte ich, vielleicht können sie mir die Adresse geben? ... Wollen sie sich meinen Wagen mal ansehen?«

Sie lächelt.

»Ich glaub, das ist nicht nötig.«

Der Mann lächelt zurück. Es ist Vincent.

Sie: »Wie lautet denn das Kennzeichen?«

Prockner fährt schnell über die Stadtautobahn. Hat laut Musik an. Er ist total außer sich, lacht, schüttelt mit dem Kopf. »Einfach erschossen. Das gibt's doch nicht!«

Im Hochhaus in der Neubausiedlung. Die Fahrstuhltür öffnet sich. Prockner und Livia kommen heraus. Sie gehen zu ihrer Wohnung. Er schließt die Tür auf, das Schloss klemmt etwas. Sie gehen hinein.

Livia und Prockner in der Küche. Er ist gut gelaunt.

»Komm, wir gehen heute ganz groß essen.«

Livia: »Sag mal Martin, interessiert es dich eigentlich gar nicht, wie ich die letzte Nacht verbracht habe?«

Prockner: »Es ist doch nichts passiert, oder etwa doch?«

Mehr weiß er nicht dazu zu sagen.

Livia geht noch eine weitere Frage durch den Kopf: »Martin, wieso hat das eigentlich so lange gedauert, bis du mich abgeholt hast, du solltest dem Typen doch bis Mittag die Steine geben. Du warst doch eigentlich hier ganz in der Nähe?«

Prockner ist um eine Antwort verlegen.

Ein Mann schiebt sich im Vordergrund ins Bild.

»Erinnerst du dich an mich?«

Prockner erschrickt, erstarrt. Es ist Vincent.

»Ich hab dir die ganze Kohle gegeben und alles was ich von dir verlangt habe war, meine Schwester zu warnen. Willst du wissen, wie es sich anfühlt zusammengeschossen auf der Straße zu liegen?«

Vincent schießt Prockner ins Bein. Livia schreit.

»Du hast mich ausgeraubt und mich liegen gelassen. Das ist soweit okay, das hätte ich vielleicht auch gemacht, aber Veronica könnte noch leben, wenn du sie gewarnt hättest, so wie ich dich darum gebeten hatte! Und ich hab es sehr, sehr großzügig bezahlt.«

Prockner winselt: »Bitte ... ich ...«

»Wo ist der Kugelschreiber?«

Prockner deutet auf seine linke Brusttasche.

Vincent zielt auf die rechte Brusthälfte und drückt ab. Prockner geht zu Boden. Vincent sucht in Prockners Tasche. Er findet irgendwelche Papiere und schließlich den Kugelschreiber.

Vincent verlässt die Wohnung.

Livia beugt sich über Prockner. Er ist schwer getroffen, aber lebt noch.

»Livia ...!«

Sie rennt zum Telefon und ruft einen Krankenwagen. Sie kommt zu Prockner zurück, hebt eines der Papiere auf. Es ist das Flugticket. Livia sieht Prockner an.

»London? Was wolltest du in London?«